BASILE

ET

QUITTERIE,

TRAGI-COMEDIE.

Par M. GAULTIER.

Le Prix est de vingt-cinq sols.

A PARIS,

Chez NOEL PISSOT, Quay des Augustins,
à la descente du Pont-Neuf, à la Croix d'Or.

M. DCC. XXIII.

Avec Approbation & Privilege du Roy.

PROLOGUE.

SCENE PREMIERE.

LE MARQUIS, LE CHEVALIER.

LE CHEVALIER.

ENCORE un coup je ferai fort trompé, fi l'on voit Bafile & Quitterie faire fortune fur le Theâtre. Vous avez beau en parler avantageufement ; je n'efpere point bien de ce fujet.

LE MARQUIS.

Mais, en verité, Chevalier, peut-on fe prevenir contre une Piece fur des préjugez auffi déraifonnables que ceux que vous avez : Quoi parce que les caracteres de Dom Quichotte & de Sancho, ont toûjours été un écüeil pour ceux qui les ont voulu traitter, vous prétendez qu'il y a de la témerité à les mettre fur la Scene ; & qu'ils entraîneront la chute de la nouvelle Piece ; fur tout n'en faifant pas le fond : la conclufion eft ridicule ; je ne fçaurois m'empêcher de vous le dire.

LE CHEVALIER.

La conclufion n'eft pas de moi, Coufin ; ainfi vous n'avez que faire de la fronder. Je parle, afin que vous le fachiez, après gens qui s'y connoiffent, gens entendus & verfez dans la fcience du Theâtre, gens, en un mot, à qui

A ij

on peut bien s'en rapporter, puisqu'ils composent eux-mêmes.

LE MARQUIS.

Oh ! s'ils composent eux-mêmes, je n'ai rien
à dire, ils doivent en savoir plus que les autres.

LE CHEVALIER.

Tudieu, s'ils en savent plus que les autres, ils
le font bien voir tous les jours, que rien n'est
comparable à leur érudition. Tenez, Marquis,
pour vous donner une idée de leur merite, je
n'ai qu'à vous dire que tel Ouvrage est souvent
applaudi de tout Paris, qui est trouvé détestable dans leur cercle.

LE MARQUIS.

Mais est-ce bien l'Ouvrage qui est détestable,
ou leur goût ?

LE CHEVALIER.

Belle demande. Vous voulez que des gens
qui ont lû Aristote, ne sentent pas le fort & le
foible d'un Ouvrage.

LE MARQUIS.

Ils ont lû Aristote !

LE CHEVALIER.

Oh ! je vous en répons.

LE MARQUIS.

Peste ! quelles gens !

LE CHEVALIER.

N'allez pas croire que j'exagere ici l'excellence de leur goût. J'ai des preuves en main
de tout ce que j'avance. Il m'est arrivé à moi
qui vous parle, d'avoir loüé, d'avoir admiré,
tout comme les autres, & ensuite me trouvant
à la promenade avec eux, de les avoir entendu
reprendre & condamner tous les endroits qui
m'avoient fait plaisir, jusqu'à me laisser prouver
que je n'avois pas dû rire, que je n'avois pas

dû m'attendrir ; enfin que j'avois été un fot
avec tout le public. Eh bien ! Coufin, qu'en
dites-vous ? Sont-ce-là d'habiles gens ? hem.

LE MARQUIS.

Je ne conçois rien au-deffus de leur merite,
mais je vous dirai pourtant que j'aime encore
mieux être fot avec le public, qu'habile homme avec ces gens-là ; & je me ferai toûjours
beaucoup plus d'honneur de l'un que de l'autre.

LE CHEVALIER.

A vous permis : pour moi je fuis d'avis qu'un
homme d'efprit doit fe diftinguer, & ne pas juger comme la multitude. Avant que de frequen-
ter les fçavans, j'étois tout comme vous, je riois,
j'applaudiffois à une Piece qui me faifoit plaifir, fans examiner fi elle devoit m'en faire ;
mais graces aux critiques des gens lettrez que
je vois tous les jours, je fuis à prefent fur mes
gardes, & je ne m'expofe plus à la honte d'a-
voir ri contre les regles.

LE MARQUIS.

Vous vous donnez un ridicule affreux avec vos
regles ; permettez-moi de vous le dire ; à vous
entendre, il femble qu'elles deffendent de rire,
& que la Nature ne foit pas elle-même la regle
fur laquelle toutes les Poëtiques ont été faites.
Eh bien, apprenez aujourd'hui de moi...

LE CHEVALIER.

Oh ! je le fai avant vous.

LE MARQUIS.

Quoi ?

LE CHEVALIER.

Ce que vous allez me dire,

LE MARQUIS.

Et qu'eft-ce que je vais vous dire ?

LE CHEVALIER.

Vous allez me dire…Oh ! ma foi, je ne suis pas forcier.

LE MARQUIS.

Il paroît bien que vous ne l'êtes pas ; ne jurez pas pour me le faire croire. Je veux vous dire que les regles ne font rien moins que ce que vous penfez, qu'elles n'ont point été faites pour gêner ceux qui travaillent, mais pour leur faciliter le moyen de plaire en leur montrant le chemin qui conduit au cœur ; c'eft pourquoi un Ouvrage qui fait plaifir eft toûjours mieux dans les regles, felon moi, qu'un Ouvrage qui ennuye. En un mot, la grande regle eft de plaire ; celui qui plaît les a toutes obfervées, & il poffede mieux fon Ariftote, fans l'avoir jamais lû, que ceux qui le favent par cœur, & qui font bâiller par la lecture de leurs Ouvrages. Mais le Baron entre ; brifons là-deffus.

SCENE II.

LE MARQUIS, LE CHEVALIER, LE BARON.

LE MARQUIS.

JE commençois à ne plus vous attendre, Baron ; d'où venez-vous fi tard ? peut-on vous le demander ?

LE BARON.

Vous le pouvez hardiment, car je me meurs d'envie de vous le dire.

LE CHEVALIER.

Quelque bonne fortune.

LE BARON.

Point du-tout.

LE MARQUIS.

D'où venez-vous donc?

LE BARON.

Je viens d'entendre une Piece qu'on doit joüer ce soir.

LE CHEVALIER.

C'est justement la Piece dont nous parlions : Bon, bon, nous allons voir si ce qu'on m'a dit est vrai.

LE MARQUIS.

Chez qui l'avez-vous entenduë ?

LE BARON.

Chez la Marquise, ma voisine, qui ne pouvant aller à la Comedie, à cause de son indisposition, a fait prier l'Auteur, qui est de sa connoissance, de vouloir bien lui en faire la lecture.

LE MARQUIS.

Elle vous a donc fait avertir ?

LE BARON.

Oüy, le voisinage m'a valu cette politesse.

LE MARQUIS.

Y avoit-il du monde ?

LE BARON.

L'assemblée étoit fort jolie.

LE CHEVALIER.

Eh bien, voyons, voyons un peu de quelle façon elle a été reçuë. Au reste, dites - moi, est-il vrai que les rimes n'en soient pas toûjours riches ? On m'a dit qu'il y en a quelques-unes qui ne sont pas des plus regulieres, ne les avez-vous pas remarquées ?

LE BARON.

Non.

LE CHEVALIER

Pourtant, un homme du métier m'a assuré que cela est.

LE BARON.

Cela peut-être ; mais je n'y ai pas pris garde.

LE CHEVALIER.

Tant pis, Baron, tant pis : cela ne fait pas honneur à votre oreille. Pour moi, c'est la premiere chose à laquelle je prends garde.

LE MARQUIS.

Aussi l'on peut dire que si par-là vous faites honneur à votre oreille, en revanche vous n'en faites gueres à votre esprit.

LE CHEVALIER.

Et en quoi trouvez-vous que je n'en fais gueres à mon esprit ? est-ce que vous regardez la rime comme une chose inutile, & à laquelle il ne faut pas faire attention.

LE MARQUIS.

Je la regarde comme un des plus beaux ornemens de nôtre Poësie ; c'est pourquoi je suis d'avis qu'il ne faut jamais la negliger ; mais qu'on aille faire le procès à un Poëte, parce que dans un Ouvrage de longue haleine il se trouvera quelques rimes qui ne seront pas de la derniere exactitude, c'est ce que je ne puis souffrir ; & je soûtiens qu'un pareil acharnement ne convient qu'à ces *Pigmées* du Parnasse, dont le *sçavoir*, comme disent fort-bien ces vers :

> Ne s'étend seulement
> Qu'à regratter un mot douteux au jugement,
> Prendre garde qu'un qui ne heurte une dipthon-
>   gue,
> Epier si des Vers la rime est breve ou longue ;
> Ou-bien si la voyelle à l'autre s'unissant

Ne rend point à l'oreille un son trop languissant;
Et laisse sur le vers le noble de l'Ouvrage,
Nul aiguillon divin n'éleve leur courage :
Ils rampent bassement, foibles d'inventions ;
Et n'osent, peu hardis, tenter les fictions.
Froids à l'imaginer, car s'ils font quelque chose
C'est proser de la rime, ou rimer de la prose.

LE CHEVALIER.

Je gage que c'est l'Auteur de Basile qui a fait cette Epigramme contre ceux qui le critiqueront.

LE MARQUIS.

Vous ne savez ce que vous dites, mon pauvre cousin, & ne voyez-vous pas que ces Vers sont de Regnier.

LE CHEVALIER.

Eh bien ! Regnier est donc de ses amis.

LE BARON.

Ah, ah, ah...

LE CHEVALIER.

De quoi riez-vous donc ?

LE MARQUIS.

Regnier est un ancien Poëte qui est mort il y a plus de cent ans. Voyez si le Baron n'a pas sujet de rire.

LE CHEVALIER.

Oh ! je ne suis pas obligé d'avoir tout lû.

LE MARQUIS.

Non, mais vous êtes obligé de prendre garde à ce que vous dites : Mais revenons à la maniere dont la Piece a été reçûë chez la Marquise. Je suis curieux de le savoir.

LE BARON.

Elle a été reçûë de la maniere la plus singuliere du monde.

LE MARQUIS.
Comment donc ?

LE BARON.
Elle a été trouvée déteſtable & excellente.

LE CHEVALIER.
Qu'eſt-ce que cela veut dire ?

LE BARON.
Cela veut dire, que ſi l'Auteur retranchoit
de ſa Piece tout ce qu'on y a critiqué, il n'en
conſerveroit pas dix Vers, elle ſauteroit toute
entiere ; ſi au contraire, tout ce qu'on y a loüé
ſe trouve bon, elle eſt excellente, il n'y a pas
dix Vers à retrancher. Que dites-vous de ce ju-
gement ? ne vous ſurprend-il pas ?

LE MARQUIS.
Non.

LE BARON.
Comment non !

LE MARQUIS.
Non, vous dis-je.

LE BARON.
Et la raiſon ?

LE MARQUIS
Seriez-vous d'humeur d'entendre une fable?

LE BARON.
A quel propos une Fable.

LE MARQUIS.
Elle vient ici fort à propos. Dites ſeulement
ſi vous voulez l'entendre.

LE BARON.
Volontiers.

LE CHEVALIER.
De tout mon cœur.

LE MARQUIS.
Ecoutez-moi donc. Le Fleuriſte.

LE BARON.

Eſt-ce là le titre ?

LE MARQUIS.

Oüy.
Un jour de ſon parterre un Fleuriſte enchanté
(Qui ne l'eſt pas de ſon Ouvrage)

LE CHEVALIER.

Je ſerai fort ſurpris ſi....

LE MARQUIS.

Oh ! je vous en prie ; ou dites-mòi que vous
ne voulez pas l'entendre, ou écoutez-moi juſqu'au bout ſans m'interrompre.

LE BARON.

De grace, Chevalier, ne l'interrompez pas.

LE CHEVALIER.

J'ai tort, j'ai tort. Vous n'avez qu'à recommencer, je ne dirai plus rien.

LE MARQUIS.

Un jour de ſon parterre, un Fleuriſte enchanté
(Qui ne l'eſt pas de ſon ouvrage)
A venir en voir la beauté
Invita tout ſon voiſinage.
On y vient, on y court ; le Fleuriſte ravi
D'y voir tous ſes voiſins accourir à l'envi ;
En homme qui déja croit ſa gloire certaine
Au milieu de ſon monde il jaſe, il ſe promene ;
Leur raconte que le terrain
N'étoit que pierre & tuf avant qu'il fût jardin ;
Qu'il a d'abord fallu pour en faire un parterre
En ôter les cailloux, y porter de la terre ;
En un mot, le changer preſque totalement.
Après quoi ſans façon ſe faiſant compliment :
Ça, mes fleurs, leur dit-il, comment vous ſem-
blent-elles ?
Le Roi dans ſon jardin en a-t-il de plus belles ?
N'êtes-vous pas charmez de leur vivacité ?

Que dites-vous fur tout de cette bigarrure.
Pour moi je vous l'avoüe ; ami de la Nature.
J'ai toûjours été fou de la varieté :
Selon moi d'un parterre elle fait la beauté.
C'eſt à peu près ainſi que notre homme babille
 Quand certain Quidam déja vieux
 Grand ennemi de la Jonquille :
Compere, lui dit-il, je n'ai rien vû de mieux ;
Mais parmi les beautez dont votre jardin brille
Je ne ſaurois ſouffrir cette vilaine fleur :
 Croyez-moi, ſi vous êtes ſage
 Proſcrivez-en cette couleur,
 Ellé n'eſt pas d'un bon préſage.
A peine celui-ci finiſſoit de parler
 Qu'un autre lui vient conſeiller
 D'en retrancher auſſi la Roſe,
 Diſant pour ſoutenir ſa cauſe,
Qu'il eſt vrai qu'autrefois au ſortir d'un jardin
Dés beautez de la Cour, elle paroit le ſein ;
 Mais que telle eſt ſon infortune
 Sur tout depuis un certain tems,
 Que pour être enfin trop commune
 On la laiſſe aux petites gens.
Ce lieu, vient dire un autre, eſt charmant, je
 vous jure ;
 Mais à parler de bonne foi
 Je vous conſeille d'en exclure
 Une fleur, qu'à regret j'y voi.
Excuſez, je ne puis ſouffrir la Renoncule ;
 Je ne vous dirai pas pourquoi ;
 Mais je la trouve ridicule ;
Enfin ſur le recit que la Chronique en fait
 En butte à la troupe mordante
 Chaque fleur à ſon quolibet.
L'un médit du Jaſmin, l'autre de l'Amarante,
Celui-ci du Pavot, celui-là de l'Oeillet.

Si bien que si notre homme immoloit sans mur-
    mure
    Ce qui blesse chaque censeur,
Il ne sauveroit pas des traits de la censure
    Une pauvre petite fleur.
Je vous laisse à penser si le Fleuriste enrage,
De voir par le détail fronder tout son ouvrage,
Aussi ne pouvant plus contenir sa fureur
Eh bien, Messieurs, dit-il d'un ton plein de colere
Vous avez tous raison , il faut vous satisfaire.
Là-dessus annonçant un tragique destin
Aux fleurs qu'avec plaisir tous les jours il con-
    temple,
Il saute, & d'une faux courant armer sa main
Il se met en devoir de faucher son jardin.
(Des caprices du goût, admirez cet exemple.)
Ah ! Monsieur, arrêtez, s'écrie un des censeurs;
Faites grace du moins à la Reine des fleurs.
    Ah ! pouvez-vous bien sans scrupule
    S'écrie un autre en ce moment,
    N'exceptez pas la Renoncule
    D'un si barbare traitement.
    De la Jonquille que j'adore,
    Ajoûte à l'instant un Blondin,
    Si notre amitié dure encore,
    Epargnez plutôt le destin.
Enfin pour abreger cette histoire plaisante,
Tel a frondé l'Oeillet qui défend l'Amarante ;
Tel contre celle-ci parloit avec chaleur,
Qui de l'Oeillet proscrit devient le défenseur ;
Si-bien qu'en un moment cette nouvelle guerre
Du Fleuriste charmé rétablit le parterre.
Voilà la Fable que j'avois à vous dire, faites-en
l'application.
        LE BARON.
Cela n'est pas fort difficile.

LE CHEVALIER.

Je la trouve assez drole, assez plaisante, elle me donne envie de lire Regnier.

LE MARQUIS.

Eh ! mon Dieu, laissez-là Regnier, ce n'est pas lui qui l'a faite. C'est une Fable nouvelle qui n'a jamais paru.

LE BARON.

Et qui nous apprend que vous êtes ami de l'Auteur de Basile : vous ne la savez pas si bien par cœur, sans le connoître particulierement, & sans avoir vû sa Tragi-Comedie.

LE MARQUIS.

Cela est vrai, je ne veux pas vous le nier.

LE BARON.

Eh bien, puisque vous l'avez vûë, qu'en pensez-vous, parlez sincerement, je m'en rapporte fort à votre goût.

LE MARQUIS.

Ce que j'en pense.

LE BARON.

Oüy.

LE MARQUIS.

Ce qu'il en pense lui-même.

LE BARON.

Et qu'est-ce qu'il en pense ?

LE MARQUIS.

Qu'elle est bonne si elle plaît au public, qu'elle ne vaut rien, si elle ne lui plaît pas. Mais il est déja tard, allons un peu voir comment elle sera reçûë.

LE CHEVALIER *à part en s'en allant.*

Le public auroit beau la trouver excellente, je suis résolu de la trouver mauvaise, quand ce ne seroit que pour faire enrager Quinault & l'Auteur.

FIN.

BASILE
ET
QUITTERIE,
TRAGI-COMEDIE.

ACTEURS.

BASILE Amant de Quitterie.

QUITTERIE, accordée de Gamache.

GAMACHE.

DOM QUICHOTTE, Chevalier errant.

SANCHO-PANCA, Ecuyer de Dom Quichotte.

LICTAMON, Pere de Quitterie.

CLARICE, confidente de Quitterie.

DAMON, confident de Basile.

HIRCAS, confident de Gamache.

DAPHNIS, ami de Basile.

CORYLAS
TIMANDRE } amis de Gamache.

Troupe de Bergers & de Bergeres.

La Scene est dans la prairie où se doivent celebrer les nôces de Gamache.

BASILE
ET
QUITTERIE
TRAGI-COMEDIE.

ACTE PREMIER

SCENE PREMIERE.

GAMACHE, HIRCAS.

GAMACHE.

Uy, l'on dit que Basile à force d'im-
 postures,
A mis dans son parti ce chercheur d'a-
 vantures,
Qui contre mon Himen hautement irrité,
De ses prétentions flatte la vanité ;
Jusques-là, qu'en public traittant de tirannie,
Le nœud qui va m'unir au sort de Quitterie ;
Cet inconnu, dit on, se vante fierement
De lui faire épouser son ancien amant.

B

HIRCAS

Si j'étois l'accordé, je laisserois tout dire,
Et des projets d'un fou je ne ferois que rire.

GAMACHE.

Et c'est par la raison qu'il a l'esprit blessé
Que je crains de sa part quelque coup d'insensé.
D'ailleurs je t'avoürai qu'à son extravagance
Je l'ai vû ce matin mêler tant de prudence,
Parler si sensément devant tous nos amis,
Que je crains qu'il ne tourne à son gré les esprits.

HIRCAS.

Allez, ne craignez rien ; quoiqu'on ose entre-
          prendre,
Nous avons, Dieu merci, des bras pour nous dé-
          fendre ;
Et ce fier Dom Quichotte, ou Dom extravagant
Pourroit bientôt parler d'un ton moins arrogant.

GAMACHE.

Non, ménageons le mieux ; n'allons pas, je te prie,
Pour montrer du courage irriter sa folie ;
Ne donnons pas un chef à quelques étourdis,
Qui sous ses étendarts en seroient plus hardis.
Quelle douleur pour nous, si tantôt quelque in-
          sulte
Venoit parmi nos jeux apporter le tumulte ;
Si pour nous opposer à de fâcheux éclats
Nous allions voir changer nos danses en combats,
Ami, la violence est ici dangereuse,
Donnons à cette fête une fin plus heureuse ;
Voyons incessamment ce bizarre étranger
Et dans notre parti tâchons de l'engager ;
Mais toutefois avant que de voir ce gendarme,
Sachons si l'Ecuyer que ma cuisine charme
En faveur de mes feux a sû le prevenir,
Mais n'allons pas plus loin, car je le vois venir.

SCENE II.

GAMACHE, HIRCAS, SANCHO.

SANCHO.

MEſſieurs, mon maître vient, laiſſez-moi, je
        vous prie,
Ménager vôtre paix avec ſa Seigneurie,
Je n'ai pû juſqu'icy l'acrocher un moment;
Mais puiſqu'enfin il s'offre à mon empreſſement;
Je vais, foi d'Ecuyer, mettre tout en uſage
Pour lui faire quitter un deſſein dont j'enrage.

GAMACHE.

Pour vous récompenſer des ſoins que vous pre-
    nez,
A tous mes Cuiſiniers les ordres ſont donnez.

SANCHO.

Tant mieux ; mais laiſſez-nous diſcourir tête-à
    tête ;
Vîte, retirez-vous, afin que je m'apprête.

GAMACHE.

Fort bien ; nous choiſirons pour lui venir parler
Le moment où vos ſoins auront ſû l'ébranler.
Adieu, nous vous laiſſons.

SCENE III.

SANCHO

VOyez quelle imprudence !
Le hazard nous conduit dans un lieu d'abondance,
Où, graces à l'amour, d'un richard genereux,

Nous ſommes regalez comme des bienheureux ;
Et loin de benir Dieu du jour qu'il nous envoye,
Mon enragé de maître en veut troubler la joye.
O ! le ſot animal qu'un chevalier errant ;
Mais le voici qui vient, parlons lui franchement.

SCENE IV.

SANCHO, DOM QUICHOTTE

DOM QUICHOTTE *d'un air rêveur.*
Ciel ! à combien d'ennuis ma flamme eſt con-
    damnée.
      SANCHO *à part.*
Il perd ma foi l'eſprit avec ſa Dulcinée.
  DOM QUICHOTTE *continuant dans ſes*
      rêveries.
O Soleil de mes jours, ô Lune de mes nuits,
Quand prendras-tu pitié de l'état où je ſuis ?
    SANCHO *à part.*
Approchons ; car de l'air dont l'occupe ſa belle,
Il paſſeroit le jour à s'entretenir d'elle :
Monſieur, ſans vous fâcher, pourrois-je dire un
    mot ?
    DOM QUICHOTTE.
Parle, je le veux bien ; mais parle comme il faut.
    SANCHO.
Là, raiſonnons un peu. Qui vous a mis en tête
Le malheureux deſſein de troubler cette fête ;
Pour ſervir un jaloux qui contre le bon ſens
Veut prendre, comme on dit, la Lune avec les
    dents ?
Avez-vous oublié qu'en butte à la miſere,
Depuis que nous courons le ciel nous eſt con-
    traire,

Que cent fois le Soleil nous a vûs en chemin,
Portant tous deux en croupe & la soif & la faim?
Ah ! Lorsque la fortune , en courant la campa-
gne ,
Nous fait enfin trouver un païs de Cocagne ;
Lorsqu'aux austeritez d'un jeûne fatiguant
Elle fait succeder un Carême-prenant ;
N'allez pas épouser le parti de Basile
Dont la cuisine est froide & l'amitié sterile.
Vive , vive l'amant dont le prodigue amour
Dépeuple Colombier , Garenne & Basse-cour.

DOM QUICHOTTE

Se peut-il qu'absolu sur ton ame grossiere
Un terrestre plaisir l'occupe toute entiere ?
Qui le croiroit, Sancho , que marchant sur mes
pas
La cuisine eût pour toi de si puissants appas ;
Et que considerant ton unique avantage ,
Celui chez qui l'on mange eût toûjours ton suf-
frage ?

SANCHO

En cela je ressemble à quantité de gens,
Qui de cette façon passent fort bien leur tems.
Nous n'avons rien, Monsieur, de plus cher que
la vie;
Mais vous qui me blâmez, quelle est votre ma-
nie ?
De vouloir qu'une fille à qui vous n'êtes rien ,
Laisse pour vous complaire échapper un gros
bien.

DOM QUICHOTTE.

Ne prétendrois-tu pas, cœur chetif, ame lâche ,
Que je me declarasse en faveur de Gamache ;
Quand Basile affligé m'offre une occasion
De remplir les devoirs de ma profession ?
Quoi ! Suscité du Ciel dans ce tems de licence ,

Pour fervir de rempart contre la violence,
Pour mettre le merite à l'abri de fes traits,
Pour redreffer les torts, pour punir les forfaits;
Penfes-tu que d'un pere écoutant l'avarice,
D'un œil indifferent je voye une injuftice,
Que je fouffre, Sancho, qu'au mépris de leurs
      foins,
On fépare deux cœurs que le merite a joints;
Et que par cette voye injufte & violente
On rende malheureux & l'amant & l'amante;
Eh, n'ai-je donc reçû du ciel tant de valeur
Que pour laiffer le foible en proye à fa douleur
Ne me fuis-je rendu l'appui du miferable,
Que pour lui refufer une main fecourable.
Apprens, apprens, Sancho, que ce bras valeureux
Eft beaucoup moins à moi qu'il n'eft aux mal-
      heureux.

SANCHO.

J'enrage de bon cœur, foit dit fans vous déplaire,
De vous voir gendarmé contre les droits d'un
      pere.
Quoi, parce qu'une fille en faveur d'un blondin,
Engage folement & fon cœur & fa main ;
Vous voulez que celui dont elle tient la vie
Aille donner, Monfieur, les mains à fa folie.

DOM QUICHOTTE

Tu ne raifonnes pas.

SANCHO.

      Je raifonne fort bien
Un pere de fa fille envifageant le bien,
Elle doit accepter l'époux qu'il lui propofe,
Et pour s'en excufer avoir la bouche clofe.
Ah ! je voudrois bien voir la petite Pança,
Combattre mes deffeins lorfque fon tour vien-
      dra,
Je voudrois, ouy, Monfieur, je voudrois que
      pour rire

L'impertinente alors s'avisât de me dire :
Colas, ou bien un tel, ne manque pas de biens;
Mais je ne sai, pour lui le cœur ne me dit rien.
Sa mine, ses façons n'ont rien qui me revienne:
George a touché mon ame, & j'ai touché la sienne.
Il se plaindroit de moi, si je le laissois-là;
Nous-nous sommes promis; enfin tout-ci, tout-ça.
Jarni d'un coup de poing apostrophant la sotte
Je lui mettrois, je crois, la mâchoire en compotte.

DOM QUICHOTTE.

En cela ta raison te serviroit fort mal,
Et tu ferois, Sancho, l'action d'un brutal.

SANCHO.

Je ferois, tetiguié, ce que j'ai droit de faire,
Et que deviendroit donc l'autorité de pere?

DOM QUICHOTTE.

Ne te gendarme pas; Je sai que de tout tems
On a dû respecter le pouvoir des parens;
Que dans les cas permis promts à les satisfaire
Le premier de nos soins doit être de leur plaire;
Mais comme il est constant que par un droit plus
    fort
Un enfant se doit plus qu'aux parens dont il sort;
Si son malheur est joint à son obéissance,
Il peut leur resister sans commettre une offense:
En un mot, s'il le fait, il n'est pas criminel;

SANCHO.

C'est-à-dire, qu'alors le pouvoir paternel,
A votre avis, Monsieur, doit ceder & se taire,

DOM QUICHOTTE

Non, non, je deffends mieux les interets d'un pere;
Il peut alors se plaindre; il peut representer,
Il peut faire encore plus, il a droit d'exhorter,
D'insister, s'il le faut, & de mettre en usage
Tous les expedients d'un pere tendre & sage:
Mais lorsque d'un enfant qu'allarme l'avenir,

B iiij

Ce procedé permis ne peut rien obtenir.
s'il agit, s'il commande en maître defpotique,
Il fait de fon pouvoir un abus tirannique ;
La loi même, Sancho, dont la fage rigueur,
Du pouvoir paternel foutient fi bien l'honneur ;
De ces cruels abus qu'enfante l'avarice,
Ne fcauroit à nos yeux excufer l'injuftice,
Car elle exige bien que le choix des enfans ;
Soit toûjours confirmé par l'aveu des parens;
Mais elle n'entend pas qu'un pere de famille,
A fon ambition facrifie une fille ;
En effet, fi l'Himen fans l'union des cœurs
Eft pour ceux qu'il engage un état plein d'hor-
  reurs
Si pour y vivre heureux l'amour eft neceffaire ;
Devant lui, felon moi, l'interêt doit fe taire.
Surtout quand mille fois plus prétieux que l'or
Le merite fupplée au deffaut d'un tréfor.
SANCHO
Sans vous fâcher, Monfieur, fouffrez que je
  vous dife
Qu'une fille eft par tout comme une marchandife,
Qu'au mépris du merite éclipfé par l'argent
Le marchand abandonne, & livre au plus offrant.
DOM QUICHOTTE.
Je ne le fai que trop que l'intereft l'emporte,
SANCHO.
Vous me feriez damner en parlant de la forte ;
Semble-t'il pas, Monfieur, que mille honnêtes
  gens
N'enragent pas de faim avec tous leurs talens.
Je fçai bien que vanté dans tout le voifinage
Bafile, par exemple, eft la fleur du village ;
Qu'il eft jeune & bien fait, qu'il écrit, qu'il lit
  bien,
Qu'il parle comme un livre, & qu'il n'ignore
  rien ;

Que pour la danſe, enfin, pour l'eſcrime & la
　　lutte,
Il ne faut pas morbleu, qu'aucun le lui diſpute;
Mais ſans avoir ici deſſein de l'outrager
Tout ce beau　ſçavoir-là donne-t'il à manger ?
Pour voir comme on reçoit toutes ces gentilleſſes,
Qu'il aille au Cabaret, au marché ſans eſpeces:
Avec tous ces talens du corps & de l'eſprit,
Il ne trouveroit pas pour un ſol de crédit.
Oh! déſabuſez-vous ; ce n'eſt pas le mérite
Qui dans une maiſon fait bouillir la marmite;
Vous avez beau prêcher, le merite ſans bien
Eſt un fond inutile,　& n'eſt compté pour rien.
En effet, quelque eſprit que l'on ait en partage,
Survient-on ſans argent aux beſoins d'un ménage?
Revenons au berger que vous eſtimez tant ;
De l'aveu d'un chacun il a plus d'un talent;
Il touche bien un luth, à chanter il excelle ;
Après lui, comme on dit, il faut tirer l'echelle.
Mais, Monſieur, dites-moi; quand une femme
　　a faim,
Quand cinq ou ſix marmots veulent avoir du
　　pain ;
Croyez-vous qu'en prenant un luth, une gui-
　　tarre,
On leur donne à dîner avec une fanfare.
Oh ! le ventre, Monſieur, qui va toûjours gron-
　　dant,
Ne s'emplit pas ainſi du ſon d'un inſtrument ;
　　　DOM　QUICHOTTE
Babillard éternel, dont l'entretien m'ennuye,
Je pourrois te prouver que l'honnête induſtrie
N'eſt jamais expoſée à la mendicité ;
Mais contre un ignorant j'ai déja trop lutté :
Apprens en peu de mots que l'indigence même,
D'abord qu'on la partage avec ce que l'on aime ,

Eſt preferable à l'or dont l'éclat dangereux
Nous donne pour compagne un objet odieux.
Delà vient qu'effrayé des accidens tragiques
Que produit la rigueur des peres tiranniques ;
Je voudrois que fidelle à ſes intentions ,
Une fille épouſât ſes inclinations ;
Ce qu'elle aime, en un mot.

SANCHO.

       O le plaiſant ſiſtême !
S'il falloit qu'une fille épouſât ce qu'elle aime ;
Il n'en eſt point, Monſieur, ici comme à Paris
Qu'il ne fallut pourvoir de cinq ou ſix maris.

DOM QUICHOTTE.

Te verrai-je toûjours , jaſeur inſuportable ,
Déchirer lâchement un ſexe reſpectable.

SANCHO.

Et pourquoi, diable auſſi, le voit-on chaque jour,
Nous donner à jaſer par quelque nouveau tour.
N'en doutez point , la femme eſt une vraye at-
  trape ;
Vous croyez la tenir quand elle vous échappe :
Il faut toûjours nager, & ne s'y fier pas;
Un tien vaut beaucoup mieux que mille tu l'auras
C'eſt l'homme qui promet ; c'eſt l'homme qui
  propoſe ,
Mais des événemens c'eſt le ciel qui diſpoſe.
Tel ſe couche le ſoir bien diſpos & bien ſain
Qui ſe leve ſouvent roide mort le matin.

DOM QUICHOTTE

Va-tu pas enfiler un tas d'impertinences;
Que le ciel te confonde, & tes plattes ſentences.

SANCHO.

Ne vous emportez pas; je ne dirai plus rien.

DOM QUICHOTTE.

Toi.

SANCHO.
Je vous le promets.
DOM QUICHOTTE.
Morbleu, tu feras bien.

SCENE V.

DOM QUICHOTTE, SANCHO, GAMACHE, HIRCAS.

GAMACHE.

SUrpris avec raison de voir vôtre colere,
Servir le desespoir d'un rival temeraire ;
Je viens sçavoir, Seigneur, quel sujet en ce jour,
Aux traits de votre haine expose mon amour.
Aurois-je imprudament envers votre excellence
Oublié mon devoir & commis quelque offense ?
DOM QUICHOTTE.
Un plus noble sujet irritant ma valeur,
Arme aujourd'hui mon bras contre votre bon-
heur.
Apprenez que veillant au repos de la terre,
L'injustice est un monstre à qui je fais la guerre,
GAMACHE.
Et quelle est l'injustice en ces paisibles lieux
Que votre bras poursuit comme un monstre
odieux.
DOM QUICHOTTE
Eh ! n'en est-ce pas une odieuse & criante?
D'abuser en tiran du devoir d'une amante,
Qui forcée aujourd'hui de vous donner la main,
Pleure son infortune & maudit son destin.
Non, non, n'attendez pas que cette tirannie
Trouve au gré de vos vœux ma valeur endormie.

HIRCAS.

Mais penfez-vous, Seigneur, que Gam acheen
    ces lieux,
Peut armer fes amis contre les factieux.

DOM QUICHOTTE *s'emportant* ,

Viellaque, ofes-tu bien pouffer ton infolence? . .

GAMACHE *en l'arrêtant*

Ah! d'un ami fidele excufez l'imprudence.

DOM QUICHOTTE.

Allez, troupe futile, allez, raffemblez-vous,
Uniffez aujourd'hui vos efforts & vos coups;
Faites voir à mes yeux votre cabale armée;
Contre moi , s'il fe peut, amenez une armée
Cette lance , ce fer, la terreur des brigands,
Me fuffit pour punir vos complots infolens.

GAMACHE.

Non, vous ne verrez pas, Chevalier magnanime,
Qu'à perdre le refpect ce défi nous anime.

DOM QUICHOTTE.

Eh! que diroient de moi ces illuftres vangeurs,
Que jadis l'infortune avoit pour protecteurs ;
S'ils voyoient de mon tems opprimer la foibleffe,
Que diroient les Renauds, les Amadis de Grece,
Les Rogers, les Bernards, les Artus, les Rolands,
Les braves Palmerins , les valeureux Fernands.
S'ils voyoient Dom Quichotte en proye à l'in-
    dolence ,
Laiffer impunément triompher l'infolence.
Et toi-même, Sancho, toi-même, en le voyant
Ne pourrois-tu pas dire avec étonnement ;
Eft-ce là ce Heros qui fait revivre Alcide ?
Ce Heros que j'ai vû d'un courage intrépide ,
Vaincre des Chevaliers , terraffer des Geants ,
Affronter la fureur des Lions rugiffants ;
Et par des actions qu'on aura peine à croire
Etonner les forêts de la montagne noire.

SANCHO *à part.*

Je pourrois ajoûter à ces fameux exploits,
Que je vous vis roffer par certains Yangois.

DOM QUICHOTTE

Tai-toi, maraut.

GAMACHE.

Je fçai, Chevalier invincible,
Qu'à votre grand courage il n'eft rien d'impoffi-
          ble ;
Que d'une ame intrépide affrontant le trépas.
Par tout où vous courez la gloire fuit vos pas.
Mais pour calmer enfin votre grandeur errante,
Souffrez, vaillant Seigneur, que je vous repre-
          fente ,
Que fi la tirannie aigrit votre couroux ,
Et que ce monftre feul foit en butte à vos coups,
Contre un heureux himen , quoïque l'on en pu-
          blie,
Vous n'avez pas fujet de proteger l'envie.
L'amour de Quitterie eft joint à fon devoir,
Et je ne l'obtiens point d'un injufte pouvoir.
Oüy, je puis m'affurer du bonheur de lui plai-
          re ,
Dès-lors que j'ai celui d'être au gré de fon pere.
Puiffai-je, grand Heros, en vous tirant d'erreur,
Ne voir plus déformais traverfer mon bonheur.

DOM QUICHOTTE

Que ce difcours , Sancho , rempli de confiance ,
Après ce qu'on m'a dit à peu de vraifemblance.

SANCHO.

Oh! tout ce que dégoife un rival mécontent,
Ne doit pas être pris pour de l'argent comptant.

GAMACHE.

Mais ferois-je aveuglé d'une folie extréme,
Pour vouloir d'une fille en dépit d'elle-même ;
Ce feroit m'expofer . . . .

SANCHO.

A voir votre moitié
Des tourmens d'un rival prendre par fois pitié.

DOM QUICHOTTE

Eh bien ! sur ce discours, s'il se trouve sincere,
C'en est fait; à vos feux je ne suis plus contraire,
Mais pour m'en éclaircir, je pretens qu'à son
    tour,
Devant moi l'accordée approuve votre amour ;
Ou du moins que pour vous dans son obéiffance,
Elle ne me temoigne aucune répugnance ;
Car de sa liberté devenant le rempart
J'attens d'elle un aveu sans contrainte & sans
    fard.
Enfin , pour refuter l'opinion publique ,
Je veux que devant moi cette beauté s'explique.

GAMACHE

Voyez-la , j'y confens, j'aime trop mon honneur
Pour souhaitter sa main, si je n'ai pas son cœur.

DOM QUICHOTTE

Que ce fier sentiment, je ne sçaurois le taire
Au repos de vos jours peut être salutaire.
Car combien de malheurs attachez au deftin,
De ceux qu'unit souvent un pouvoir inhumain ?
Envain pour s'acquitter d'une trifte promeffe,
La raison quelque temps leur tient lieu de ten-
    dreffe.
Victimes du devoir qu'ils refpectent d'abord ,
Pour s'aimer, pour se plaire, ils font un vain ef-
    fort;
Le dégout que bientôt l'indifference amene,
fait naître dans leur cœur le mépris & la haine.
De-là ces repentirs dont ils font déchirez,
Cet oubli criminel des droits les plus facrez ,
Ces troubles journaliers, cette guerre inteftine ;
D'une famille en feu la honte & la ruine.

Si la raison, Berger, regne encore sur vos feux,
Redoutez les horreurs d'un joug si dangereux.
GAMACHE.
J'en suis si fort frappé que si ma fiancée,
En me donnant la main prétend être forcée ;
Sans regretter, Seigneur, ces superbes apprêts
D'un éternel oubli je punis ses attraits.
DOM QUICHOTTE
Charmé de rencontrer un amant si docile,
Je vais sans differer en instruire Basile,
Et de-là pour combattre ou couronner vos feux,
Sçavoir la verité de l'objet de vos vœux.
GAMACHE.
J'attens votre réponse, & mon ame est ravie
D'éprouver par vos soins le cœur de Quitterie.
DOM QUICHOTTE.
Je suis charmé d'entendre un si sage propos,
GAMACHE.
Cette épreuve ne peut qu'assurer mon repos ;
Si je la contraignois, j'aurois tout lieu de croire...
SANCHO.
Voilà parler en homme attentif à sa gloire,
En homme plein de cœur qui ne veut pas chez
  lui,
Etre appellé Papa par les enfans d'autrui.

Ici Dom Quichotte & Sancho se retirent.

SCENE VI.
GAMACHE, HIRCAS
GAMACHE.
QUE je me sai bon gré d'avoir par ma con-
  duite
Sçu calmer un courroux dont je craignois la suite.

Et que je fuis heureux de le voir aboutir,
Au parti qu'à mes feux l'infenfé vient d'offrir;
Car enfin qu'attend-il d'un deffein fi frivole ?
Croit-il que tout-à-coup retraçtant fa parole,
Une fille d'honneur en un jour folemnel,
Va fe montrer rebelle au pouvoir paternel ;
Qu'elle va préferer par un éclat fi lâche,
L'horreur d'être enfermée à la main de Gamache;
Car tu fais comme moi, qu'il n'eft point de rigueur
Dont fon pere ne fût capable en fa fureur.

HIRCAS.

Oüi, je fai qu'en tyran jaloux de fa puiffance,
Liçtamon puniroit fa defobéiffance ;
Mais il feroit pourtant à fouhaiter pour vous,
Que des mains de l'Amour elle prît un époux,
Et que vous brûlaffiez d'une ardeur mutuelle,

GAMACHE.

Fût-elle à mon égard infenfible & cruelle,
Tu verras que l'hymen la rangeant fous fa loi,
L'embrafera bien-tôt du même amour que moi,
Dans le cœur obftiné d'une fiere Maîtreffe,
Le devoir tous les jours fait naître la tendreffe:
Mais la voici qui vient. Que lui dirais-je, Hircas.

HIRCAS.

O ! ma foi fur ce point ne me confultez pas.

SCENE VII.

GAMACHE, HIRCAS, QUITTERIE, CLARICE.

GAMACHE.

EH bien, avez-vous vû, charmante Quitterie,
Ce fameux arc-boutant de la Chevalerie?
Bafile par fa voye aura-t'il reuffi ?

QUITTERIE.

QUITTERIE.

Est-ce pour m'offenser que vous parlez ainsi ?

GAMACHE.

Moi ! Quel soupçon ?

HIRCAS *à Gamache.*

       Il faut qu'elle ignore sans doute,
Que ce fier inconnu que votre amour redoute,
Pour savoir ses desseins, la cherche en ce moment.

CLARICE.

Cet inconnu nous cherche ?

HIRCAS.

           Avec empressement.

QUITTERIE.

Et que veut-il de moi ?

HIRCAS.

        Que votre cœur s'explique.

GAMACHE.

Aigri contre un himen qu'il nomme tirannique,
Il veut que votre amour vous tenant lieu de loi,
L'Amant le plus aimé reçoive votre foi ;
Que votre ame avec lui s'expliquant sans con-
    trainte,
Entre Basile & moi, vous prononciez sans crainte.

QUITTERIE.

Quoi ! toûjours agité d'un jaloux mouvement,
Votre cœur veut encor un éclaircissement ;
Vous osez, peu content de mon obéissance,
Me faire le joüet de votre défiance.

GAMACHE.

Vous m'accusez à tort.

QUITTERIE.

        Ciel ! quel affreux destin
Vais-je me preparer en vous donnant la main.
Que de maux à souffrir, quand votre humeur
    jalouse,
Retiendra dans sa chaine une timide épouse.

GAMACHE.

Je saurai respecter un si rare tresor.

QUITTERIE.

Ah! si vous m'en croyez, il en est tems encor,
N'allez pas exposer votre vie & la mienne,
Aux malheurs qu'avec soi la jalousie entraîne;
Portez plutôt ailleurs vos vœux & votre foi,
Vous en trouverez cent qui valent mieux que moi.

GAMACHE.

A vos charmants attraits rendez plus de justice,
Et ne m'accusez pas d'un jaloux artifice.
Ce trait qu'à mes soupçons vous imputez à tort,
D'un rival qui se flatte est bien plutôt l'effort;
Mais je ne le crains point.

CLARICE.

Pourtant votre conduite
Vous devroit faire encor redouter son merite.

GAMACHE.

Quelle est cette conduite? en quoi me trouvez
vous ...
Mais que vois-je? Déja vous separer de nous.

QUITTERIE.

Excusez; je croyois trouver ici Delphire,
Nous avons toutes deux quelque chose à lui dire.

SCENE VIII.

GAMACHE, HIRCAS.

GAMACHE.

AH! que cet entretien allarme mon amour,
Et que je crains la fin de ce funeste jour;
Voi comme sur le point de devenir ma femme,
Elle consent qu'ailleurs j'aille porter ma flame;

Comme elle m'y convie, & me laiſſe encor voir,
Que l'amour d'un rival balance ſon devoir.
Mais elle a beau m'offrir un parti qui la flatte,
Je veux en l'épouſant me venger de l'ingrate.
Viens, allons voir ſon pere, arbitre de ſa foi,
Pour détourner le coup qui me remplit d'effroi :
Viens, & ne combas point mes feux pour la
      cruelle,
Plus je la dois haïr, plus je la trouve belle ;
Son mépris à mes yeux relevant ſes attraits,
J'en ſuis dans ce moment plus épris que jamais.

Fin du premier Acte.

ACTE SECOND.

SCENE PREMIERE.

LICTAMON, QUITTERIE.

LICTAMON.

N'En doute point, ce jour le plus beau de ma
        vie,
Va t'assurer, ma fille, un sort digne d'envie ;
Enfin je suis charmé, que fidelle à mes loix,
Ta réponse soumise ait confirmé mon choix.
Quelqu'un m'avoit d'abord fait craindre le con-
        traire ;
C'est pourquoi je n'ai pû contenir ma colere.
N'y pense plus, ma fille, à cet emportement
J'ai senti succeder le regret sur le champ ;
Surtout lorsque j'ai vû que notre hôte en colere,
Survenant pour servir les feux d'un témeraire,
A trouvé que ton choix étoit conforme au mien ;
Mais je le vois encor ; ne lui répons plus rien.

SCENE II.

LICTAMON, QUITTERIE, DOM QUICHOTTE.

DOM QUICHOTTE.

JE viens, chere beauté, d'annoncer à Basile,
Qu'il est tems d'étouffer un espoir inutile ;

Que votre propre aveu détruisant ses discours,
Sa flame ne doit plus compter sur mon secours,
Je le plains ; mais enfin . . . .

LICTAMON.

À vos soins favorables,
Ma fille & moi, Seigneur, nous sommes rede-
vables. *à Quitterie.*
Mais Clarice paroît. Je la laisse avec toi,
Tandis que nous allons, son Excellence & moi,
De mon gendre inquiet rassurer la tendresse.

DOM QUICHOTTE.

C'est mon dessein ; allons lui rendre sa maitresse.

SCENE III.

QUITTERIE, CLARICE.

CLARICE.

EH bien ! avez-vous sçû, fidelle à vôtre ardeur,
Saisir l'occasion d'épancher votre cœur.
Avez-vous protesté contre la violence ?
Mais vous ne dites mot : d'où vient votre silence?

QUITTERIE.

Laisse-moi, ma douleur ne te fait que trop voir
Que j'ai sacrifié Basile à mon devoir.

CLARICE.

Vous avez . . . .

QUITTERIE.

C'en est fait.

CLARICE.

O ciel, quelle foiblesse !
A-t-on si peu de force avec tant de tendresse ?

QUITTERIE.

Helas ! je te dirai que flattée en secret.

Du trouble qu'à produit l'injure qu'on lui fait ;
Je m'exhortois moi-même en me traittant de lâche
A me souftraire enfin à l'hymen de Gamache ;
Mais de quoi m'a servi de former ce deffein ?
Mon pere, en m'abordant, l'a diffipé foudain.
A peine a-t-il parû, que fa voix menaçante,
M'a fait repondre en fille & non pas en Amante.

CLARICE.

Mais à cet étranger fi craint, fi genereux,
Deviez-vous pas vous plaindre & declarer vos
    feux.

QUITTERIE.

Eh ! pouvois-je, Clarice, en prefence d'un pere,
Que ma foumiffion venoit de fatisfaire ;
Pouvois-je au Cavalier dont tu vantes l'appui,
Ouvrir mon trifte cœur & me plaindre de lui ;
D'ailleurs, car en fecret il me l'a bien fçû dire,
N'ai-je été jufqu'ici foumife à fon empire,
Que pour païer enfin fes bontez & fes foins,
D'un affront dont ce jour auroit tant de témoins.
Non, non, je n'ai pas dû lui faire cette offenfe,
Sa gloire eft attachée à mon obéiffance.

CLARICE.

Allez : de ces raifons l'artifice eft trop clair,
Bafile, je vois bien, ne vous eft plus fi cher :
Les trefors que Gamache offre aux yeux d'une
    femme,
L'ont depuis quelque temps effacé de votre ame.

QUITTERIE.

Ah ! contre tes difcours j'attefte ici les pleurs,
Que malgré mon devoir je donne à fes malheurs.

CLARICE.

Pourquoi donc, s'il eft vrai, que fon état vous
    touche,
Irriter fa douleur par un refus farouche ;
Pourquoi, fi votre amour égale encor le fien,

Ne lui pas accorder un moment d'entretien ;
N'est-ce pas l'accabler par un nouvel outrage ?

QUITTERIE.

D'une fidelle amie, est-ce-là le langage ?
Oses-tu m'exhorter avec empressement,
A souffrir l'entretien d'un malheureux amant,
A courir le danger d'une folle entrevûë,
Qui me perdroit d'honneur, si j'étois apperçûë.

CLARICE.

L'amour trouve toûjours assez d'expedients
Pour cacher ses douceurs aux yeux des médisants.

QUITTERIE.

Fussions-nous à l'abri des traits de la Satire,
Je ne dois pas moins fuir l'entretien qu'il desire.
Mets-toi pour un moment en l'état où je suis,
Et pour le consoler, dis-moi ce que je puis :
Me perdant pour toûjours, cette funeste vûë,
N'aigriroit-elle pas la douleur qui le tuë,
Et moi-même aujourd'hui qui cause ses malheurs,
Que deviendrois-je, helas ! si je voyois ses pleurs.
Dans ce triste entretien, n'aurois-je pas à crain-
    dre,
De voir accroître un feu que ce jour doit éteindre?
Ah ! porte-moi plutôt par un conseil prudent
A ne jamais revoir ce malheureux amant ;
Et si son desespoir l'offroit à ma presence,
A soûtenir sa vûë avec indifference,
A feindre en lui parlant un air plein de froideur,
Capable d'étouffer la plus fidelle ardeur.
C'est-là le seul moyen d'effacer de son ame,
Le triste souvenir d'une funeste flame ;
Et de lui procurer après quelques regrets,
Un repos dont je crains de ne joüir jamais.

CLARICE.

Eh bien ! sur son destin je n'ouvre plus la bouche.

C iiij

QUITTERIE.

Oüi, tu m'obligeras, car plus son sort me touche...
Mais qui vient donc à nous ?

SCENE IV.

QUITTERIE, CLARICE,
BASILE *déguisé en Chevalier Errant, & la
visiere de son Casque baissée.*
DAMON, *déguisé en Ecuyer, avec un nez
postiche, dont la grosseur est énorme.*

CLARICE

L'Equipage plaisant?
C'est encore, je gage, un Chevalier Errant ;
De même que notre hôte, il en a l'encolure.
Mais de son compagnon, regardez la figure.

QUITTERIE.

Dieux ! qu'elle est effroyable !

CLARICE.

Ils se parlent tout bas.

QUITTERIE.

Ils s'avancent vers nous, portons ailleurs nos pas.

BASILE.

N'évitez pas, Madame, un Heros, dont le zele
Le fait voler par tout où son devoir l'appelle.
Instruit de votre sort par un sage enchanteur,
Mon bras vient procurer le calme à votre cœur.
Oüi, l'indigne Basile, objet de ma colere,
A vos desirs bientôt ne sera plus contraire.
Loüez le Ciel, Madame, en ce jour de bonheur,
Je viens vous secourir contre cet imposteur.

CLARICE, *à part.*

Comment recevra-t-elle un compliment semblable ?

QUITTERIE.

A vos bontez, Seigneur, je suis fort redevable :
Mais contre un malheureux qui ne m'offense pas
J'aurois tort d'accepter l'offre de votre bras.

BASILE.

Quoi ! l'ingrat conspirant contre votre hymenée,
N'a pas voulu troubler cette heureuse journée ?

QUITTERIE.

Pourquoi le voudroit-il ? Quel seroit son dessein ?
Mon pere n'est-il pas le maître de ma main ?
Non, cela ne peut être ; il a trop de prudence,
Pour penser à me faire une pareille offense.

BASILE.

Je le vois bien, Madame, une excès de bonté,
Vous fait craindre aujourd'hui pour sa témerité ;
Mais envain vous voulez excuser sa malice,
Votre hymen traversé me demande justice.

à Damon.

Vien, suis-moi, Prusilas, de ses perfides jours,
Sans tarder plus long-tems, allons trancher le cours

QUITTERIE.

Seigneur, qu'allez-vous faire ? arrêtez, je vous
prie.

BASILE.

Quel interêt vous porte à craindre pour sa vie ?
Est-ce que vous l'aimez ?

QUITTERIE.

Moi, l'aimer ! ah ! Seigneur,
Un semblable soupçon offense mon honneur.

BASILE.

Pardonez, je vous prie un discours qui vous blesse;
Mais sachant qu'autrefois il eut votre tendresse,
J'ai crû que l'embarras où son destin vous met,

D'un cœur encore épris pouvoit être l'effet.

QUITTERIE.

J'aurois eu pour Basile une tendresse extrême :
Qu'aujourd'hui mon devoir ne veut plus que je
l'aime.

BASILE.

Pourquoi donc lui donner ces marques d'amitié?
Qui vous fait prendre soin de ses jours ?

QUITTERIE.

La pitié :
A l'honneur d'un époux ce soin n'est pas contraire;
Et je ne pense pas qu'il puisse lui déplaire.

BASILE.

La pitié pour Basile agit seule aujourd'hui?

QUITTERIE.

Oüi, Monsieur, elle seule intercede pour lui.

BASILE.

Vous ne l'aimez donc plus ?

QUITTERIE.

Non.

BASILE *en se troublant.*

Ah ! ce mot me tuë.

CLARICE *à Quitterie.*

Dieux ! comme tout à coup son ame s'est émuë !

QUITTERIE *à Clarice.*

Quelle part peut-il prendre au sort d'un triste
amant ?

CLARICE.

Ne seroit-ce point lui sous ce déguisement ?
L'amour en pareils tours fut de tout tems fertile.

QUITTERIE.

Clarice, que dis-tu ? ce seroit-là Basile !

BASILE *haussant la visiere de son casque.*

C'est lui-même, c'est lui.

QUITTERIE.

Ciel ! qu'est-ce que je voi,

Basile dans ces lieux , Basile devant moi !
BASILE.

Ne vous allarmez pas ; cette fourbe innocente
Que n'a pû penetrer l'œil perçant d'une amante ,
Avec plus de raison abusant le censeur ,
A l'abri de ses traits met ici votre honneur.
CLARICE.

Il n'en faut pas douter ; sous un tel équipage ,
Ils pouroient aisément tromper tout le Village.
Mais pourquoi vous montrer ainsi faits à nos yeux.
BASILE.

Helas ! comme j'ai craint de paroître en ces lieux,
Sous un exterieur qui l'auroit offensée ;
Dom Quichotte à propos s'offrant à ma pensée ,
Je me suis avisé de ce déguisement ;
Et nous avons jugé que cet habillement ,
Cette Lance , & sur tout cette espece de casque,
Pour cacher mon amour étoit un heureux masque.
Ainsi ne craignez rien ; quand il viendroit quel-
      qu'un ,
Je saurai me joüer d'un abord importun.
CLARICE.

Mais si de Dom Quichotte émû par cette feinte...
BASILE.

Cer article est prévû ; n'ayez aucune crainte ;
A lire les Romans , j'ai perdu trop de nuits ,
Pour ne pas l'abuser sous de pareils habits.
QUITTERIE.

Mais quelle intention , nonobstant ma deffense ,
Vous fait jusqu'en ces lieux rechercher ma pre-
    sence ?
BASILE.

Je ne viens point ici , calmez votre frayeur ,
Offrir à vos regards un amant en fureur ;
D'un pere sur vos feux connoissant la puissance ,
Mon cœur a dû s'attendre à cette préference.

QUITTÉRIE.

Eh! que venez-vous donc faire encor près de nous?
BASILE.

Soupirer & gemir un moment avec vous :
Trop heureux de pouvoir dans ma douleur mor-
telle,
Arrofer de mes pleurs, cette main infidelle.
QUITTÉRIE *en retirant fa main.*

Non, non ; portez ailleurs vos foupirs fuperflus ;
Gamache eft mon époux, je ne vous connois plus.
BASILE.

Qu'entens-je ? quelle voix a frappé mon oreille :
A ces mots foudroyants je doute fi je veille.
Ingrate, dont l'accueil glace mon cœur d'effroi,
Eft-ce là le fecours que j'attendois de toi ?
Eft-ce là la pitié que tu me fais paroître ?
Tu ne me connois plus: eh ! peux-tu méconnoître
Ce fidele Berger à qui cent fois le jour
Tu jurois autrefois un éternel amour ;
A qui ta main promife, à qui ta foi donnée,
Annonçoient les douceurs d'une heureufe hi-
menée ;
A qui ta bouche enfin fur un efpoir fi doux,
Dans tous nos entretiens donnoit le nom d'époux.
Tu ne me connois plus ; mais peux-tu mé-
connoître
Ces gages qu'à tes yeux ma douleur fait paroître ;
Car enfin le mépris que tu montres pour moi,
Me force d'employer ces armes contre toi.
il tire des Lettres.

Tien, que dis-tu, cruelle, à des marques fi cheres?
Ofes-tu démentir des témoins fi feveres ?
Méconnois-tu ces traits ? méconnois-tu ce feing,
Formé par le craïon que conduifoit ta main ?
Ah ! fi l'ambition qui regne fur ton ame,
Te fait defavoüer & ta main & ta flame ;

Il en tire d'autres.

Dans ces traits bien plus vifs, & d'un prix bien
    plus grand,
Parjure, oseras-tu desavoüer ton sang ?

QUITTERIE.

Ah ! c'est trop resister ; la contrainte me tuë :
Eclate, mon amour, éclate à cette vûë.
Va, contre ma vertu, montre-toi moins aigri ;
Je ne puis méconnoître un amant si cheri.
Que dis-je ! malgré moi fidelle à ma tendresse,
Pour toi plus que jamais mon cœur sent de
    foiblesse ;
Et si ces yeux en pleurs n'en font pas assez foi,
Parle, quelle autre preuve exiges-tu de moi ?
Faut-il en ta faveur, troublant cette journée,
Protester follement contre mon himenée ?
Faut-il par un éclat inconnu parmi nous,
D'un pere redoutable, irriter le courroux ?
Et perdant pour jamais son cœur & son estime,
De sa severité devenir la victime ;
Dussent tous les malheurs fondre aujourd'hui
    sur moi :
Ordonne ; je suis prête à me perdre pour toi.

BASILE.

Enfin, graces au ciel, mon heureuse tendresse,
A cette fermeté reconnoît ma Maîtresse.
Dieux ! que mon sort est doux ! que ce charmant
    retour
Reveille dans mon ame & d'estime & d'amour !
Cependant ne croi pas, aimable Quitterie,
Qu'abusant d'un aveu qui me rend à la vie,
Je veüille t'engager par un dernier effort,
A braver un pouvoir absolu sur ton sort.
J'aime encor mieux me voir banni de ta mémoire,
Que d'exposer ainsi ton repos & ta gloire.
Oüi, je suis resolu, quoiqu'en dise mon cœur,

A te sacrifier jusques à mon bonheur.
QUITTERIE.
O devoir rigoureux ! ô pere impitoyable !
BASILE.
Sans aigrir par tes pleurs le sort d'un miserable,
Dispose-toi sans peine à suivre ton devoir ;
Et d'un mot seulement flatte ici mon espoir.
QUITTERIE.
Helas ! si j'obéis, quel espoir peut encore....
BASILE.
Plus je sens approcher un himen que j'abhorre,
Plus je sens qu'au besoin l'amour industrieux,
A de nouveaux efforts m'anime par tes yeux.
Permets-moi d'employer le peu de tems qui reste,
A rompre, s'il se peut, un himen si funeste ;
A chercher, sans pourtant commettre ton honneur
Le moyen de ravir sa proye à mon vainqueur.
QUITTERIE.
Quoi ! d'un pareil espoir ton ame est susceptible ?
•CLARICE
Pourquoi non ; à l'amour est-il rien d'impossible ?
BASILE.
Enfin, quoiqu'il en soit, promets-moi sans effort,
Que si mon industrie, ou la faveur du sort,
Venoient à te livrer à ma juste tendresse,
Tu serois la premiere à loüer mon adresse,
Que bien loin d'appeller des ruses de l'amour,
Toi-même en appuirois le triomphe en ce jour.
QUITTERIE.
Va, puisqu'il faut flater un espoir si frivole,
A seconder tes vœux, j'engage ma parole.
BASILE *à Damon.*
Avec cette assûrance, allons, & pleins d'ardeur,
Ne desesperons pas encor de mon bonheur.
à Quitterie.
Mais si, car du succès mon ame est incertaine,

Si j'allois échoüer ; adieu, qu'il te souvienne.
De dire quelquefois en pleurant sur mon sort,
Le jour de mon himen fut celui de sa mort.

QUITTERIE.

O dieux ! quel mot terrible est sorti de ta bouche !
Tu parles de mourir : ah ! si mon sort te touche..

CLARICE.

Quelqu'un vient, contraignez vos soupirs & vos
    pleurs ;
C'est Dom Quichotte.

QUITTERIE.

    O ciel ! cachons-lui mes douleurs.

CLARICE *à Basile & à Damon.*

Vite, qu'attendez-vous ; remettez votre masque.

SCENE. V.

DOM QUICHOTTE, SANCHO, BASILE, DAMON.

DOM QUICHOTTE
au fond du Theatre.

Que veut dire, Sancho, cette lance, ce casque ?
    à Quitterie.
Pourquoi nous fuir, Madame ? où portez-vous
    vos pas.

QUITTERIE *se retirant toute troublée.*

Excusez-moi, Monsieur, je ne le connois pas.

DOM QUICHOTTE *à Sancho.*

Courage, ami Sancho.

SANCHO *appercevant le nez de l'Ecuyer*
pretendu.

    Dieu ! l'affreuse figure.

DOM QUICHOTTE.

Réjoüis toi ; voici sans doute une avanture :

L'air dont ce Chevalier se promene en rêvant,
Nous promet.... Mais qu'as-tu ? tu parois tout
    tremblant

S A N C H O.

Eh qui diantre, Monsieur, sans avoir l'ame émuë,
Sur ce diable de nez pourroit jetter la vûë ?

DOM QUICHOTTE *le considerant.*

Je conviens avec toi qu'il est des plus affreux.
Mais tout cela n'est rien, vien, approchons-nous
    d'eux ;
Et sachons quel dessein peut ici les conduire.

S A N C H O.

Approchez ; car pour moi je n'ai rien à leur dire.

D O M Q U I C H O T T E.

Genereux Chevalier, car vos armes, votre air
Me font assez juger que ce nom vous est cher :
Par la conformité qu'a notre illustre vie,
Ne pourrois-je savoir de votre courtoisie,
Quel sujet important nous procure en ces lieux,
L'abord inopiné qui vous offre à mes yeux ?
Seroit-ce la beauté, dont le nœud d'himenée
Va bien-tôt par mes soins regler la destinée ?

B A S I L E.

Illustre Chevalier, car, à ce que je voi,
Ce titre glorieux vous est dû comme à moi :
Je ne vous cache point qu'en proye à ma tristesse,
Le hazard m'a conduit en ce lieu d'allegresse ;
Et que je m'informois du climat où je suis.

D O M Q U I C H O T T E.

Par la part que je prens à vos justes ennuis,
Ne vous verrai-je point, Seigneur, à ma priere,
De ce casque brillant relever la visiere.

B A S I L E.

Ah ! de grace, daignez m'épargner la douleur,
D'offrir à vos regards ma honte & mon malheur ;
Joüet infortuné d'une maudite race,

Je

Je cache fous ce cafque une affreufe difgrace.
DOM QUICHOTTE.
Qu'entens - je ! quel malheur peut affliger vos
    jours ?
Achevez ; je ne puis concevoir ce difcours.
BASILE.
Vous ne favez pas donc jufqu'où va la vengeance
Des maudits enchanteurs que mon amour offenfe,
Pour me rendre odieux à l'objet que je fers,
Ils s'en font pris aux traits qui lui furent fi chers:
Sur ce vifage affreux, monument de leur rage,
D'un monftre épouventable ils ont tracé l'image;
En un mot, enchanté par leur pouvoir malin
Il eft méconoiffable, & n'a plus rien d'humain.
Après ce trifte aveu, laiffez-moi, je vous prie,
Aux yeux de l'univers cacher cette infamie.
DOM QUICHOTTE.
Eh bien, Sancho, tu vois jufqu'où va leur fureur
Un pareil traittement ne fait-il pas horreur ?
SANCHO.
O les méchans coquins ! ô la maudite engeance!
Que ne puis-je les voir réduits fous ma puiffance.
DOM QUICHOTTE à *Bafile*.
Après ce coup affreux, n'en doutez pas, Seigneur,
De votre trifte fort je conçois la rigueur.
Mais contre ces cruels armez - vous de courage;
Votre difformité n'eft pas leur feul ouvrage :
Un chef-d'œuvre d'amour, un miracle en beauté
Vient d'être ainfi que vous lâchement enchanté.
O ! cruel qui pourfuis la gloire de mes armes,
Devois-tu pas du moins refpecter tant de charmes;
Ne pouvois-tu fur ma foi fignaler ta fureur
Sans punir la beauté qui regne fur mon cœur.
BASILE.
O ! race impitoyable, attentive à me nuire,
Dans un fi trifte état devois-tu me réduire ?

D

N'étoit-ce pas assez de te voir tous les jours,
De mes faits glorieux traverser l'heureux cours ;
Falloit-il par un coup si fatal à ma flame,
M'aliener le cœur de mon illustre Dame ;
Car après cet affront puis-je encore être aimé
De l'objet le plus beau que le ciel ait formé ?

DOM QUICHOTTE.

Doucement : vous pourriez d'un discours qui
    m'offense ,
Dans votre cœur hautain renfermer l'imprudence.

BASILE.

Et vous pourriez vous-même attendri par mon
    sort ,
Renfermer dans le vôtre un orgueilleux trans-
    port.

DOM QUICHOTTE.

Quelque part que je prenne au sort qui vous afflige,
A parler sur ce ton votre discours m'oblige ;
Car si vous l'ignorez ; oser vous dire aimé
De l'objet le plus beau que le ciel ait formé ,
C'est faire une injustice à la Dame que j'aime ,
Et contre sa beauté proferer un blasphême.

BASILE.

C'est connoître le prix de celle que je sers ,
Et regler mes discours sur ceux de l'univers.

DOM QUICHOTTE.

Eh bien, quiconque épris d'une superbe flame,
Au-dessus de mon choix ose élever sa Dame,
Celui-là ; car il faut lui parler clairement,
Est un présomptueux qui se trompe ou qui ment;
Et me voici tout prêt tant son orgueil m'offense ,
A le lui soutenir au bout de cette lance ;
A lui faire avouer, qu'il n'est point de beauté
Comparable à l'objet dont je suis enchanté :
Qu'il me démente; il peut sans tarder davantage,
Essayer contre moi sa force & son courage ;

Je lui fais le défi d'efcrimer à cheval,
A pié, comme il voudra, tout combat m'eft égal.
                SANCHO *à part.*
Rangeons-nous; car de l'air dont ceci fe prepare,
Nous allons, j'en fuis fûr, avoir bien-tôt bagarre.
                BASILE *à part.*
Tandis que mon amour exige ailleurs mes foins,
Ne puis-je m'arracher au fou qui nous a joints :
Le fâcheux embarras.
                DOM QUICHOTTE.
                            Que ce lâche filence
De fes premiers difcours dément bien l'arrogance.
                BASILE.
Ma furprife eft extrême ; & tout autre que moi,
A ce défi preffant pourroit trembler d'effroi.
Mais qui de cent rivaux à fçû dompter l'audace,
D'un fuperbe inconnu ne craint point la menace.
                DOM QUICHOTTE.
Tel a vû fuccomber cent rivaux fous fes coups,
Qui n'a pas moins fujet de craindre mon couroux.
                BASILE.
Tel apprend leur défaite en foudre de la guerre,
Qui pourroit à fon tour mordre aujourd'hui la
        terre.
                DOM QUICHOTTE.
Les bataillons défaits, les Géants pourfendus
Ne me promettent pas le deftin des vaincus.
                BASILE.
Les Monftres furieux domptez par mon courage
Ne me font pas non plus d'un funefte préfage.
                DOM QUICHOTTE.
Ah ! d'un fi vain débat c'eft trop fouffrir le cours ;
Voyons fi les effets répondront aux difcours.
Ami Sancho.
                SANCHO.
                Monfieur.
                            D ij

DOM QUICHOTTE.

Va brider Rossinante.

BASILE *à Damon.*

Et toi, cours Prusilas, va seller Pirroxante.

DOM QUICHOTTE, *voyant que*
Sancho n'est pas parti.

Quoi, je te vois encor ! m'as-tu pas entendu ?

SANCHO.

Ah ! Monsieur, un moment.

DOM QUICHOTTE.

Pourquoi donc ? qu'attens-tu ?

SANCHO.

De ce Monstre au gros nez laissez-moi, je vous prie,
Eviter, s'il se peut, l'affreuse compagnie :
J'attens qu'il soit plus loin pour aller . . . .

DOM QUICHOTTE *levant la*
lance sur Sancho.

Ah ! poltron,

Tu n'oserois aller . . . .

SANCHO.

Pardon, Monsieur, pardon.

DOM QUICHOTTE.

Ciel ! quelle lâcheté ; va, cours, ou je t'assomme.

SANCHO *en s'en allant.*

Que mon sort est à plaindre avec ce diable d'homme ?

SCENE VI.

DOM QUICHOTTE, BASILE.

BASILE.

Dame de mes desirs, divine Eleonor,
Si dans ce triste état je te suis cher encor,
D'un regard amoureux favorise mes armes,

Et fur tous les objets dont on vante les charmes;
Si d'un feul aujourd'hui j'excepte la beauté,
J'ofe te garantir la fouveraineté :
N'en doute point ; ce bras plus craint que le ton-
    nere ,
Ne te verra jamais préferer fur la terre ,
Que l'aftre fans pareil qui brille au Tobofo.

DOM QUICHOTTE *à part fe*
tournant & adreffant la parole à Sancho
qu'il croit prefent.

Quel eft donc ce difcours? entens-tu bien? Sancho,

BASILE.

Non , au deffus de toi l'amoureux Domphinée ,
Dans ce vafte Univers , n'admet que Dulcinée ,
Elle eft l'unique objet dont l'illuftre beauté
Puiffe arrêter les coups de ce bras redouté ;
Et pour te le prouver , ce fuperbe adverfaire
Va de fon fol orgueil recevoir le falaire.

DOM QUICHOTTE *à part.*

Ah ! que pour mon amour ce couroux eft flateur;
Je n'y puis réfifter, diffipons fon erreur.

à Bafile.

Valeureux chevalier , dont l'heureufe colere ,
Au lieu de m'irriter vient de me fatisfaire ;
Puifque par un aveu que je n'attendois pas ,
Sur votre Eleonor , Dulcinée a le pas.
Il ne faut plus penfer à mefurer nos armes,
Vous voyez devant vous l'efclave de fes charmes.

BASILE.

Quoi ! je verrois ici cet illuftre Heros ,
Dont l'univers entier admire les travaux.
J'aurois devant mes yeux,O!l'heureufe avanture,
Le fameux Chevalier de la trifte figure ?

DOM QUICHOTTE.

Oüi , vous voyez ce cœur dont la fidelité
De l'aftre qu'il adore égale la beauté.

BASILE.

Ah ! puifque mon bonheur en ces lieux vous en-
    voie ,
Souffrez qu'en ce moment je me livre à ma joie ;
Et que le Chevalier du navire flottant ,
Vous offre l'amitié d'un cœur tendre & conftant.

DOM QUICHOTTE.

Mon cœur à cette grace eft d'autant plus fenfible,
Qu'il gemit à fon tour d'un traitement terrible ;
Car enfin la beauté que refpectent vos feux
Eprouve ainfi que vous un deftin rigoureux.
Ce n'eft plus ce foleil , cet aftre incomparable
De cent perfections, affemblage adorable :
Du cruel Malambrun le pouvoir odieux
En objet dégoûtant l'a changée à mes yeux.
Que dis-je ! par l'effort de fa noire magie,
En vile païfanne aujourd'hui convertie ;
Au lieu de mille appas qui flattoient mon ardeur,
Elle n'offre à mes yeux qu'une affreufe laideur.

BASILE.

Seigneur , je vous en prie , avec plus de courage,
Jufques à mon retour fupportez cet outrage.
Ce jour m'appelle ailleurs, demain nous penferons
Aux moyens de venger de fi cruels affronts.

DOM QUICHOTTE.

Ah ! de votre préfence honorez , je vous prie ,
Les plaifirs d'une fête, où ce lieu nous convie.

BASILE.

Je ne puis ; fur un char qui doit fendre les airs,
Mon enchanteur m'attend pour traverfer les mers.
Je pars pour l'Amerique , à moins que je n'y
    meure ,
Vous me verrez ici demáin à pareille heure.

SCENE VII.

DOM QUICHOTTE, BASILE, DAMON, *Ecuyer de Basile.*

DAMON.

J'Ay sellé Pyrroxante; & vous pouvez, Seigneur...

BASILE.

Ami , tu ne sçais pas jusqu'où va mon bonheur.
Le ciel vient de finir une aveugle querelle,
Et d'unir deux grands cœurs d'une amitié fidelle.
Voilà le Chevalier dont je te parlois tant.
Mais partons , le tems presse ; il faut absolument
Que du Geant Altier que poursuit ma vengeance,
Un effort imprévû renverse l'esperance.

DOM QUICHOTTE.

» Mais au moins en partant ne m'appreh-
drez-vous pas ,
» Quel sujet peut si loin demander votre bas ?

BASILE.

» Je m'en vais secourir un amant dont l'adresse
» De l'himen d'un Geant veut sauver sa Maîtresse.
» Par la profession où je suis engagé,
» A prendre son parti , je me crois obligé.

DOM QUICHOTTE.

» Servez les opprimez , vôtre zele est loüable.

BASILE.

» J'entens avec plaisir qu'il vous est agréable.
à son Ecuyer.
Sui moi.

DAMON.

Je ne pars point que je n'aye eu l'honneur,
D'embrasser tendrement l'Ecuyer de Monsieur :
D iiij

Puifque vous avez fait vôtre paix l'un & l'autre,
Il eft jufte, Meffieurs, que nous faffions la nôtre,
Je l'attens, laiffez-moi ; j'irai dans un moment
Au rendez-vous donné, vous joindre fûrement.

BASILE.

Demeuré ; à ton bon cœur j'accorde cette grace,
à Dom Quichotte.
Seigneur , jufqu'à demain ; mais que je vous em-
braffe.

DOM QUICHOTTE.

Allez , & du combat où l'honneur vous attend
Puiffiez-vous rapporter la tête du Geant.
Quant à moi je m'en vais faire hâter la fête ,
D'où j'ai fû par mes foins écarter la tempête.

SCENE VIII.

DAMON, *en Ecuyer.*

TOut va bien jufqu'ici , faififfons à prefent
L'heureufe occafion que je defirois tant.
Nôtre homme va venir. Que je ferai bien aife
Si je puis fans témoins le gourmer à mon aife ,
Et le punir enfin à l'abri de mon nez
Des foins que pour Gamache il s'eft tantôt donnez.
Pelotons ce gourmand ; de fa poltronerie
Sous ce grotefque habit il eft tems que je rie ;
Mais il faut me cacher derriere un arbriffeau
Et le laiffer ainfi donner dans le panneau ;
Car mon diable de nez dont le fot s'épouvante ,
Pourroit le mettre en fuite & tromper mon attente.
Ici Damon fe cache.

SCENE IX.

SANCHO, DAMON *caché.*

SANCHO *ne trouvant perfonne.*

Quoi ! tout a décampé ! Que veut dire ceci ?
Je veux être pendu fi déja loin d'ici,
Dans la crainte de voir ralentir leur colere,
Ils ne feront allez vuider à pié l'affaire ;
Je les croi pour cela l'un & l'autre affez fous :
Tant mieux ; plus on eft loin & moins on craint
     les coups.
Ah ! *Cri de Sancho, lorfqu'en fe tournant il voit*
    l'Ecuyer du grand nez auprès de lui.

DAMON.

Qu'avez-vous, Monfieur ?

SANCHO, *tâchant de fe remettre.*

         Rien, c'eft une méprife,
Je vous croyois plus loin, excufez ma furprife.
Mais où font, s'il vous plaît, vôtre Maître & le
    mien ?

DAMON.

Où voulez-vous qu'ils foient ? parbleu . . . .

SANCHO.

         Je n'en fai rien . . . .

DAMON.

Vous devriez pourtant juger par leur abfence,
Qu'ils fe font écartez pour joüer de la lance :
Il n'en faut pas douter, à nos yeux tout exprès,
Pour fe couper la Gorge ils fe feront fouftraits.

SANCHO.

Eh bien ! laiffons-les faire. Adieu, je me retire.

DAMON *l'arrêtant par le bras.*

Vous raillez.

SANCHO.

Non, vraiment.

DAMON.

Ah *!* vous me faites rire,
Demeurez , demeurez.

SANCHO.

Et pourquoi donc ?

DAMON.

Pourquoi ?
Pour raison qui vous touche au moins autant que
   moi.

SANCHO.

Quelle est cette raison ?

DAMON.

Quoi ? tandis qu'à cette heure
Nos Maîtres, nos Seigneurs .... demeurez.

SANCHO.

Je demeure.

DAMON.

Tandis que de fureur l'un contre l'autre épris ,
Ils vuident leur querelle en vaillans ennemis
Vous voulez qu'en poltrons nous quittant sans
   colere.
Pendant leur démêlé nous soyons sans rien faire.
Allons , en braves gens ennemis du repos ,
Préparons-nous , Monsieur, à jouer des coûteaux.

SANCHO.

Des coûteaux ! Oh ! ce jeu passe la raillerie;
Et n'est bon que pour ceux qui sont las de la vie.

DAMON.

Comment ! à leur exemple on ne nous verra pas
D'un courage intrepide , affronter le trepas ?

SANCHO.

Non , non, je ne prens point ces Messieurs pour
   modéle ,

Leur exemple ! oüi, ma foi, vous me la baillez
    belle.
Eh!que m'importe à moi que deux extravagans
S'aillent couper la gorge en dépit du bon sens,
Que votre sans pareille, ou nôtre incomparable
Soit plus belle qu'un astre, ou plus laide qu'un
    diable.
Cela me fait-il rien ? & maugrébleu de nous ;
Pourquoi donc nous regler sur l'exemple des fous.

DAMON.

Vous avez beau, Monsieur, me tenir ce langage:
A marcher sur leurs pas notre honneur nous en-
    gage.

SANCHO.

Je suis donc dispensé de marcher sur leurs pas,
Car pour d'honneur, Monsieur, je ne m'en pique
    pas.

DAMON.

Ah, c'est trop contester, cette longueur m'irrite ;
Allons, sans barguigner, dégaignons au plus vîte.

SANCHO à part.

O ! maudite rencontre.

DAMON.

        Eh bien ! qu'attendez-vous ?

SANCHO.

Que vous preniez enfin des sentimens plus doux.

DAMON.

Par le sang, par la mort . . . .

SANCHO.

        Doucement, je vous prie.

DAMON.

Hâtez-vous donc, morbleu, deffendez votre vie.

SANCHO à part.

Ne paroît-il personne ? ah ! pour nous séparer,
Que ne vient-il quelqu'un ?

DAMON.

Faut-il réïterer ?
SANCHO.

Donnez-moi donc le tems de me mettre en défenſe.
DAMON.

Volontiers , j'y conſens ; mais faites diligence.
SANCHO, *portant la main ſur la garde de*
de ſon épée.

Oüais! qu'eſt ceci? quel diable à me nuire attaché
Au fond de mon fourreau ſemble s'être niché ?
DAMON.

Voilà bien des façons pour tirer une épée.
Mais croïez-vous par là que ma fureur trompée....
SANCHO.

Ne vous emportez pas , laiſſez moi voir encor,
Si ce n'eſt pas ici l'effet de quelque ſort ;
Car enfin après tout , cela pourroit bien être. . . .
Il feint un ſecond effort pour tirer ſon épée.
Il n'en faut pas douter; de même que mon Maître,
Je ſuis en butte aux tours de ces malicieux.
Ah ! qu'il y a bien raiſon de fulminer contre eux.
DAMON·

Quel eſt donc ce langage ; & que voulez - vous
dire ?
SANCHO.

Que le tour qu'on me joüe a de quoi m'interdire.
DAMON.

Quel tour? à vos diſcours, je n'entens ma foi rien.
SANCHO.

Non , jamais il ne fut malheur égal au mien.
DAMON.

Quel eſt donc ce malheur?
SANCHO.

Mon épée eſt....
DAMON·

Qu'eſt-elle ?

SANCHO.

Enchantée.

DAMON.

Enchantée !

SANCHO.

Oüi, la chofe eft réelle.

DAMON.

Mais je ne conçois pas comment cela fe peut.

SANCHO.

Quelque maudit forcier, qui fans doute m'en veut,
Pour fe mettre à l'abri de ma jufte vengeance,
Exerce fur ce fer fa magique puiffance.
O ! le double fripon.

DAMON.

Que je voye un moment ;
Donnez-moi cet épée.

SANCHO.

Ouf.

DAMON.

Donnez promptement.

SANCHO *feignant d'entendre Dom
Quichotte.*

Paix, Monfieur, paix, j'entens mon Maître qui
m'appelle.

DAMON.

Son Maître! décampons.
il s'enfuit.

SANCHO *feul.*

Que je l'échappe belle !
Mais pour rire à coup fûr du tour qui le féduit,
Allons voir fi bien-tôt le bouvillon eft cuit ;
Et fi des accordez qu'à prefent rien n'arrête,
On fe met en devoir de celebrer la fête :
Car deja l'heure approche, ou de fa belle enfin ;
Gamache en ces lieux-ci doit recevoir la main.

Fin du fecond Aête.

ACTE TROISIEME.

SCENE PREMIERE.

GAMACHE, HIRCAS.

GAMACHE.

QUel plaisir de toucher à l'heure desirée,
Qui va mettre en mon lit une amante adorée.
Dieux ! de quel œil jaloux mon rival consterné
Doit regarder Hircas, ce moment fortuné !
Mais est-il vrai, dis - moi, que dans sa frenesie,
Il ait voulu lui-même attenter à sa vie ?

HIRCAS.

Oüi, l'on dit hautement qu'un poignard à la main
Basile sans Damon s'alloit percer le sein,
Que malgré ses conseils, constant dans sa folie,
Il conserve toûjours cette fatale envie ;
Mais laissons-le, s'il veut mettre fin à des jours
Dont vous n'avez pas lieu de souhaitter le cours.

GAMACHE.

Bien que pour mon repos son amour soit à craindre,
Je ne puis toutefois m'empêcher de le plaindre.
Cesse de m'en parler, livrons-nous aux plaisirs,
Dont ce jour fortuné va combler mes desirs.
Mais où sont nos amis ? quel sujet les arrête,
Ne sont-ils pas mandez pour celebrer la fête ?

HIRCAS.

Ils devoient avant nous, se rendre tous ici.
Je ne sçai ; mais qu'entens-je ? ils viennent, les
    voici.

SCENE II.

GAMACHE, HIRCAS, TIMANDRE, CORILAS, *& autres amis de Gamache qui entrent en danſant.*

GAMACHE.

CHers amis, de vos jeux pourſuivez l'allegreſſe,
Je vais conduire ici ma charmante Maîtreſſe;
Il eſt tems que ſa main couronnant mon ardeur,
Aſſûre pour toûjours ma gloire & mon bonheur.
CORILAS.
Allez, nous attendons avec impatience
La beauté dont ces lieux demandent la preſence.
Ici Gamache & Hircas s'en vont.

SCENE III.

CORILAS, TIMANDRE ET SANCHO.
Sancho au ſon de la ſimphonie qui vient de recommencer arrive en danſant.

CORILAS à *Sancho.*

A Ce que nous voyons, Meſſieurs les Ecuyers
Sont auſſi bons danſeurs qu'intrepides
guerriers.
SANCHO.
Oh ! ſi vous m'aviez vû quand j'étois à votre âge,
Allez ; vous m'auriez bien admiré davantage.
Dans ce tems, ſans mentir, j'aurois danſé ſur l'eau.
Le tambour me faiſoit ſauter comme un chevreau.
Demandez, demandez à Margot la Meuſniere,
Si je me demenois de la bonne maniere ;

A l'envi l'un de l'autre on nous voyoit souvent
Faire le moulinet un quart d'heure durant,
Dieu sçait si tous les deux nous manquions une
    nôce.
Le tems passé n'est plus, je suis devenu rosse.

TIMANDRE.

Vous ne l'êtes pas tant que pour un jeune cœur
Le don de votre main ne fût encor flateur,
Et qu'à vous épouser....

SANCHO.

                pour parler de la sorte,
Attendez, s'il vous plaît, que ma femme soit morte.

CORILAS.

Quoi ! vous êtes lié par le titre d'epoux.

SANCHO.

Vraiment si je le suis ! vous en étonnez-vous ?
J'ai déja des enfans de nôtre Ménagere,
Qui seroient en état de me faire grand-pere.

TIMANDRE.

On ne le diroit pas.

SANCHO.

              Je le dirois bien, moi.

CORILAS.

Il paroît que Monsieur est de fort bonne foi.

TIMANDRE.

Que j'aimerois à voir son illustre famille.

SANCHO.

Oh ! vous verriez surtout une gaillarde fille.
Tudieu, quel embonpoint ! quelle taille ! ma
    foi !
Elle est sans vous mentir plus puissante que moi,
Et forte ! ô je veux bien qu'on me coupe une
    oreille.
Si dans tout le village on trouve sa pareille.
Il faut, il faut, la voir auprès d'un sac de grain ;
Lorsqu'il est question de trotter au moulin.
                     Croyez

Croyez-vous qu'à l'aspect d'un sac de cent cin-
          quante,
La coquine recule, ou qu'elle s'épouvante ?
Bon ; elle vous l'enleve ainsi que du coton ,
Et vous le fait voler sur le dos du grison ,
Où sautant sur son orge en leste cavaliere ,
elle donne des deux ; & vogue la galere.

CORYLAS.

Avec tant de merite, il lui faut un époux ,
Qui soit en même tems digne d'elle & de vous.

SANCHO.

Oh ! je vous en répons : laissez , laissez-moi faire ;
Je sçai ce qu'il lui faut ; & j'en fais mon affaire.
Patience ; attendons , pour agir sagement ,
Que je sois revêtu d'un bon gouvernement ,
Que l'Isle qui nous fait courir la pretentaine ,
Après quelque combat devienne mon aubeine !
Car mon Maître pensant à se faire Empereur ,
Me fera tout au moins ou Comte ou Gouver-
          neur.
Oh ! ce sera pour lors qu'à bon titre prisée ,
La fille de Sancho se verra courtisée ,
Que nos plus gros Fermiers , l'un de l'autre ja-
          loux ,
Oubliant leur fierté lui feront les yeux doux.
Mais , dame ; ce n'est pas pour eux que le four
          chauffe ;
Il nous faudra pour lors des gens d'une autre
          etoffe.

TIMANDRE.

Sans doute ; & vous devez penser à faire un
          choix
Qui puisse soutenir l'éclat de vos emplois.

SANCHO.

Allez ; ne craignez pas quand j'ai la barbe grise ,
Que de m'encanailler je fasse la sotise.

E

Je veux, en la donnant à quelque gros Seigneur,
Avoir des heritiers qui me faſſent honneur.
Le deſſein en eſt pris ; tel l'appelle caigneuſe,
Qui la verra bien-tôt Comteſſe ou Gouverneuſe,
Thereſe a beau peſter ; ſes ſots raiſonnemens
Ne m'empecheront pas d'ennoblir mes enfans.
Mort de moi, ſur ce point elle n'a qu'à ſe taire ;
Il pourroit arriver qu'un jour dans ma colere . . .

CORYLAS.

Contre qui donc, Monſieur, entre-t-il en cour-
    roux ?

SANCHO.

Excuſez, s'il vous plaît, ce n'eſt pas contre vous ;
C'eſt contre les diſcours de ma bête de femme,
Qui ne veut pas ſouffrir que ſa fille ſoit Dame.

TIMANDRE.

Elle a tort ; mais enfin quelles ſont ſes raiſons ?

SANCHO.

Elles me font pitié de toutes les façons.
Il faut chez nous, dit-elle, établir vôtre fille,
Il eſt bon que chacun ſe tienne en ſa coquille,
Qui veut trop s'elever s'expoſe à quelque affront ;
La gloire l'enflera, les honneurs la perdront.
Je ne l'ai pas nourrie avec tant de tendreſſe
Pour la voir apeller Preſidente ou Comteſſe.
Dans ſa condition je veux la voir mourir.
Eſt-elle d'un état à ſe faire ſervir ?
D'une femme à cortege a-t'elle l'encolure ?
Prenez garde, on rira d'elle & de ſa parure,
Chaque jour en voyant le ſatin ſur ſon dos
On lui reprochera la ſerge & les ſabots.
Chanſons, tout ça, chanſons ; quoique ma fem-
    me en die ;
Le preſent éblouit & le paſſé s'oublie.
Mais briſons là deſſus, ſouffrez que ſans façon,
J'aille voir un moment ce que fait le griſon.

CORYLAS.

Au bout de la prairie il s'en donne à cœur joye.

SANCHO.

Il pourroit s'égarer ; il faut que je le voye.

TIMANDRE.

Vous veillez donc fur lui comme fur un trefor ?

SANCHO.

C'eft un âne, Monfieur, qui vaut fon pefant
    d'or,
Pour qui je fens dans l'ame une tendreffe extrê-
    me ;
Que je regarde enfin comme un autre moi-même.

SCENE IV.

CORYLAS, TIMANDRE &c.

CORYLAS.

J'aime cet inconnu :

TIMANDRE.

          Pour moi, tout fou qu'il eft
Son air me rejouit, & fon babil me plaît.

CORYLAS.

Du moins de celui-cy la folie eft joyeufe ;
Et l'on n'en doit point craindre une fuite fâ-
    cheufe,
Au lieu qu'avec le fou qui fait icy la loi,
Il faut être prudent & prendre garde à foi ;
Auffi jufqu'à la fin fon afpect m'inquiette.

TIMANDRE.

Voici les accordez ; j'entens une mufette.

E ij

SCENE V.

GAMACHE, QUITTERIE, LICTAMON,

Suite des accordez &c.

A peine le divertissement de la nôce commence,
qu'il est interrompu par l'arrivée de
Dom Quichotte.

SCENE VI.

Les Acteurs de la Scene precedente.

DOM QUICHOTTE, SANCHO.

DOM QUICHOTTE *au fond du Théatre.*

QUel sort ! quel triste sort ! ô berger malheureux !
GAMACHE.
Que vient nous annoncer un ton si douloureux ?

DOM QUICHOTTE *s'avançant.*

Ne craignez plus, Gamache, un rival dont la flame
Auroit pû desormais inquieter vôtre ame.
C'en est fait ; aux abois dans le Temple voisin,
L'infortuné Basile acheve son destin.
QUITTERIE.
Qu'entends-je ! juste-ciel !
GAMACHE.
Ma surprise est extrême.

DOM QUICHOTTE.

Percé du coup mortel qu'il s'eſt donné lui-même]
Nous venons de le voir, O ſpectacle touchant !
Luttant contre la mort dans un ruiſſeau de ſang.
S'il donne en cet état quelque ſigne de vie,
Ce n'eſt qu'en appellant ſa chere Quitterie ;
Il parle ambigûment d'amour & de devoir,
Et tout mourant qu'il eſt il demande à la voir ;
Diſant à ſes amis qu'il attend de leur zele,
Le plaiſir de pouvoir expirer devant elle.

QUITTERIE.

Ah ! dans l'état funeſte où me met ce malheur;
Que ne puis-je à mon tour expirer de douleur.
Qui l'eût dit, juſte ciel ! que de ſi foibles char-
        mes . . . .

GAMACHE.

Que vois-je ! mon rival vous fait verſer des larmes!

QUITTERIE.

Ah ! ſi mon interêt vous touche en ce moment
Pardonnez à des pleurs qui coulent juſtement.
Puis-je n'en pas verſer quand cette fin tragique
Arme contre mes jours la cenſure publique.
Car que va-t'on penſer d'un pareil deſeſpoir ?
Grands dieux ! qui l'auroit crû qu'aujourd'hui mon
        devoir
Me faiſant imputer la mort d'un miſerable,
De ſon malheureux ſang dût me rendre coupable.

LICTAMON.

Ne t'abandonne pas, ma fille, à ta douleur ;
Cette mort ne ſçauroit offenſer ton honneur.

DOM QUICHOTTE.

Non non, ne craignez rien, d'une mort ſi tou-
        chante,
Vous n'êtes tout au plus que la cauſe innocente ;
C'eſt pourquoi votre honneur ne ſçauroit en ſouf-
        frir.

SANCHO.

De mon étonnement je ne puis revenir !
Quelle rage ! & fur tout dans le tems où nous
    fommes.
Eh, que diable eft ceci ? je penfe que les hommes
Depuis que nous courons font bâtis autrement.
Je croyois l'autre jour que cet extravagant
Que l'on mit dans la foffe aux yeux de fa tigreffe,
Etoit un amoureux unique en fon efpece ;
Je regardois, ma foi, dans mon étonnement
Le berger Crifoftome ainfi qu'un merle blanc,
Et voilà qu'aujourd'hui pour femblable folie,
Cet autre écervelé s'ôte encore la vie.

DOM QUICHOTTE.

Il paroît bien, Sancho, que tu ne connois pas
Ce que peut fur nos jours un objet plein d'appas.
Mais que veut ce berger qui paroît fondre en lar-
    mes ?

QUITTERIE.

O ciel ! voici pour moi de nouvelles allarmes.

SCENE VII.

*Les Acteurs de la Scene précedente,
& Daphnis.*

DAPHNIS *à Dom Quichotte.*

SEigneur, de qui le zele utile aux malheureux
N'a jamais abufé leur efpoir ni leurs vœux ;
D'un cher ami qui touche à fon heure derniere,
Ma douleur à vos piez, vient porter la priere.
Déja la mort fembloit etouffer fes fanglots,
Lorfqu'enfin avec peine articulant ces mots ;
Va, Daphnis, m'a-t-il dit, ton fecours m'impor-
    tune,

Va trouver le heros qui fçait mon infortune ;
Et de son entremise implorant la faveur ,
Tâche de faire enfin couronner mon ardeur ;
Je ne veux que la gloire en sortant de la vie ,
D'emporter au tombeau la foi de Quitterie :
Trop heureux, si pour prix d'un amour si constant
Je puis me voir au moins son époux un instant.

LICTAMON.

Un semblable discours me remplit de surprise.

SANCHO.

Tant il est vrai, Messieurs, qu'une ame bien éprise.

DOM QUICHOTTE.

Oh, tais-toi, ne viens point par ton babil fâcheux
T'emparer des instants qui nous sont précieux.

à l'Assemblée.

Messieurs, ainsi qu'à vous une telle priere ,
Il faut vous l'avoüer , me paroît singuliere ;
Mais plus ce triste amant approche de sa fin ,
Plus mon cœur s'attendrit sur un souhait si vain.
Ouy , la pitié me dit que nôtre complaisance
Doit au moins à la mort couronner sa constance,
Gamache , croyez-moi ; pour flater ses desirs
Accordons cette grace à ses derniers soûpirs.

GAMACHE.

Que dites-vous , Seigneur , pour flater sa folie ,
Pouvez-vous exiger qu'à ce point je m'oublie ?

LICTAMON.

Basile abuse ici de vôtre autorité ;
Et vous lui faites voir , Seigneur , trop de bonté.
La grace où son amour ose encore prétendre
Feroit tort à ma fille aussi-bien qu'à mon gendre.

DOM QUICHOTTE.

Eh ! quel tort peut leur faire une grace, un bon-
    heur ,
Dont il est hors d'état de goûter la douceur ?
Que risque Quitterie en devenant sa femme ?

Quel danger court Gamache ? & qu'importe à fa
 flamme,
Que l'himen pour Bafile allume fon flambeau,
Quand fon lit nuptial doit être fon tombeau ?
SANCHO.
Mon Maître dit fort bien ; une pareille veuve
Ne paffera pas moins pour marchandife neuve.

DAPHNIS *à Gamache & à Lictamon.*
Eh bien ! confentez-vous que conduit en ces lieux
Pour la derniere fois il paroiffe à vos yeux.

DOM QUICHOTTE.
Hâtez-vous de foufcrire aux fouhaits de Bafile,
Vôtre lenteur commence à m'échauffer la bile.
LICTAMON.
Et fi , car pouvons-nous lire dans l'avenir ?
Si par hazard Bafile alloit en revenir.
SANCHO.
Mettez dans le marché pour ôter tout fcrupule,
Que s'il en revenoit la chofe feroit nulle.
 en fe baiffant,
Ah ! mon Dieu, je fuis mort.
DOM QUICHOTTE.
     Je t'ai manqué, maraut ;
Mais fi tu viens encore à proferer un mot :
SANCHO.
Ma foi, fort à propos j'ai fçu faire la canne,
Si je m'y frotte encore, je veux perdre mon âne.
DAPHNIS.
D'un amant qui fe meurt, s'il n'eft pas déja mort
Se peut-il, jufte Ciel ! qu'on redoute l'effort ?
Quelle crainte ? Ah ! Seigneur, au malheureux
 Bafile
Vôtre protection fera donc inutile !
DOM QUICHOTTE *levant la lance.*
C'en eft trop,

LICTAMON.

Je me rends : laissez ces lieux en paix ;
Je m'en vais la resoudre à combler ses souhaits.
Il tire sa fille à part. Gamache les suit.
Ma fille, de ce fou, nous avons tout à craindre,
Pour calmer sa fureur, il faut penser à feindre.
Laissons venir Basile ; & pour flatter ses feux....

GAMACHE.

C'est bien dit : vous feindrez de répondre à ses
   vœux.
Pour moi, qui ne pourrois sans avoir l'ame émuë
Le voir, quoique mourant, s'offrir à vôtre vûë,
Je vais avec Hircas m'éloigner un moment.

LICTAMON.

Ecartez-vous un peu, c'est agir sagement.

Gamache & Hircas se retirent au fond du theatre.

LICTAMON à *Dom Quichotte.*

Basile peut venir ; calmez vôtre ame émuë,
A lui donner la main ma fille est resoluë.

DAPHNIS.

Courons, s'il en est tems; mais qu'est ce que je voi ?
C'est cet infortuné.

QUITTERIE.

Clarice, soûtien-moi.

SCENE VIII.

Les Acteurs de la Scene précedente.

BASILE *entre les bras de ses amis.*

DOM QUICHOTTE.

QUe ce triste spectacle allarme ma tendresse ?
O toi pour qui je brûle, adorable Princesse,
Qui sçait en ce moment si ton cœur inhumain,

Ne me referve pas un femblable deftin ?
BASILE.
Ne m'abufe-t'on point ; Damon , je t'en fupplie,
Dy-moi , me conduit-on auprès de Quitterie ?
DOM QUICHOTTE.
Où penfe-t'il donc être ? ah ! que par ce difcours
On voit bien que la mort va terminer fes jours.
à Bafile.
Bafile, s'il fe peut, montrez quelque allegreffe:
Vous avez devant vous cette chere maîtreffe.
Voyez pour la trouver , comme de toutes parts ,
Ce malheureux amant promene fes regards.

BASILE *arrêtant les yeux fur fa maîtreffe.*

Quitterie , eft-ce toi ? parle.
DOM QUICHOTTE.
C'eft elle-même :
Connoiffez la, Bafile, à fa douleur extême.
BASILE *en la regardant tendrement.*
Helas ! qui l'auroit crû qu'un amant fi cheri
Avoit à redouter un fi funefte oubli ?
Voi ce qu'il a produit , regarde ton ouvrage ,
O d'un fi tendre amour déplorable partage.
DOM QUICHOTTE *à Quitterie.*
Que faites-vous , bergere ? à quoi fervent ces
pleurs ,
Approchez ; il eft tems d'adoucir fes malheurs.
BASILE.
Ah ! je fens que la mort va fermer ma paupiere ,
QUITTERIE.
Eh bien , en ta faveur , parle, que faut-il faire ?
BASILE.
Helas ! pour expirer je n'attends que ta main.

QUITTERIE *en lui prefentant fa main.*

Que ne puis je à ce prix adoucir ton deftin.

BASILE *tenant toûjours la main de Quitterie.*
O dieux ! lorsque mon sort devient digne d'envie
Faut-il que je me voye arracher à la vie ?
Mais, dis-moi ; car enfin d'un retour si flatteur
Je voudrois être au moins redevable à ton cœur.
» N'est - ce point à la mort dont l'approche me
    » glace,
» Que je dois aujourd'hui cette inutile grace ?
» A ce trait de bonté que j'éprouve trop tard
» Mon importunité n'a-t'elle point de part ?
Ce que tu fais pour moi n'est-il point une feinte ?
QUITTERIE.
Pourquoi t'abandonner à cette injuste crainte ?
BASILE.
Verrois-je également couronner mon ardeur,
Si je devois long-temps survivre à ce bonheur?
Réponds ,
QUITTERIE.
N'en doute point, tu le verrois de même.
BASILE.
Fini donc ; & d'un mot rends mon bonheur ex-
    trême.
Pour moi, d'un tendre époux ravi de ta bonté,
Je te jure l'amour & la fidelité.

QUITTERIE *toute en pleurs.*

Je te jure à mon tour & d'une ardeur égale ,
Le zele & l'amitié de la foi conjugale,
    GAMACHE *s'avançant à ces derniers mots.*
Ah ! pourquoi vous lier d'un serment solemnel ?
Sommes-nous assurez que son coup est mortel ?
    jettant les yeux sur Basile.
Mais quel air satisfait anime son visage ?
    BASILE *d'une voix moins foible.*
O toi dont cet hymen est l'innocent ouvrage ,

Amour, foutiens tes droits en cette occafion.
Il quitte les bras de fes amis.

GAMACHE.

Que vois-je !

HIRCAS.

Quel prodige !

LICTAMON.

                    Eft-ce une illufion ?

BASILE *d'une voix affurée.*

Non, non, ce n'eft, Meffieurs, qu'un heureux
    ftratagême ;

à Dom Quichotte.

Seigneur, qui feul icy connoiffez comme on ai-
    me,
Ne vous offenfez pas fi je vous ai deçu ;
Ce n'étoit pas mon fang que j'avois répandu.

DOM QUICHOTTE.

Quoi !

BASILE.

Je me fuis flaté qu'auteur de cette rufe,
L'amour auprès de vous me ferviroit d'excufe.
Protegez fon triomphe.

GAMACHE.

                 O ciel je fuis joüé.

BASILE.

L'artifice en amour fut de tout temps loüé.

GAMACHE.

Ceffe de t'applaudir ; la main de Quitterie
Ne fera pas le prix de la fupercherie,
   faifant mine de vouloir tirer le poignard.
Amis, ne fouffrons pas.

DOM QUICHOTTE.

            Qnelle eft cette fureur ?
Arrêtez, arrêtez ; ou de ce fer vengeur,
Vous allez éprouver le tranchant redoutable :
Bafile n'a rien fait qui ne foit excufable.

Il a pû , selon moi , sans blesser l'équité ;
Supplanter un rival qui l'avoit supplanté.
Les ruses en amour de même qu'à la guerre,
Ont été de tout temps permises sur la terre.

GAMACHE.

Puisque vous l'ordonnez ; c'est en vôtre faveur ,
Que je veux bien suspendre une juste fureur ;
Mais daignez donc vous-même à cette tromperie,
Par vôtre authorité souſtraire Quitterie ;
Et ne permettez pas qu'un himen frauduleux...

BASILE *à Quitterie.*

L'himen est bon , Gamache. Ah ! secondez mes
      vœux.

QUITTERIE.

Ne crain rien ; me donnant un époux que j'es-
     time ,
Mon aveu le confirme & le rend legitime ;
Et si ce n'est assez pour t'assûrer de moi ,
Approche & derechef vien recevoir ma foi.

BASILE *accourant.*

Et derechef aussi daigne accepter la mienne.
    se tournant vers son rival.
Romps, Gamache, à present une si belle chaine.

GAMACHE *en se retirant.*

Non non ; ce dernier trait m'ouvrant enfin les yeux,
Je cheris ta victoire , & j'en benis les cieux.

DOM QUICHOTTE.

Allez, & de l'amour admirant la puissance ,
Defiez-vous des nœuds que forme l'opulence.

GAMACHE *& ses partisans s'envont.*

SCENE IX.

BASILE, QUITTERIE, DOM QUICHOTTE, SANCHO, LICTAMON &c.

QUITTERIE *à Lictamon.*

ET vous par ces genoux que j'embraſſe en
   tremblant ;
N'aurez-vous point pitié d'un amour ſi conſtant ?
LICTAMON.
J'ai beau penſer au tort fait au pouvoir d'un pere,
Leve-toi ; ta douleur déſarme ma colere.
BASILE.
Ah ! ſouffrez qu'à ce trait de generoſité
J'embraſſe auſſi l'auteur de ma felicité.
LICTAMON.
Vos cœurs, je le vois bien , étoient faits l'un pour
   l'autre ,
Vivez heureux, ma joye égale icy la vôtre.
BASILE *à ſes amis.*
Chers amis, ſuivez-nous ; venez, à nôtre tour ,
Allons par mille jeux ſolemniſer ce jour.
à Dom Quichotte.
Et vous à qui je dois le bonheur de ma vie ,
Honorez-nous, Seigneur , de vôtre compagnie ;
Suivez ceux que vos ſoins ont enfin couronnez.
DOM QUICHOTTE.
à Sancho.
Vien , n'abbandonnons point ces époux fortunez.
SANCHO *ſeul.*
Eh bien ! voila-t-il pas une choſe terrible ?
Jour de dieu ! que la femme eſt incomprehenſible!
Ah ! qu'on a bien raiſon de ne s'y fier pas ;

Et moi qui comptois faire un ſi bon mardy gras ;
Moi qui pour bien gruger dans nôtre caravane,
Des reſtes du repas croyois charger mon âne ;
Faut-il que derangé par un coup ſi ſoudain,
Je ne puiſſe emporter au moins le biſſac plein.
Et toi, Roi des griſons, incomparable bête ;
Pauvre enfant qui prenois tant de part à la fête ;
Toi, qu'en ces lieux charmants, où tout brave
    la faim,
Pour la premiere fois j'ai fait ſoûler de grain ;
Faut-il qu'un Maître fou par ſon extravagance,
Nous arrache aux plaiſirs d'une heureuſe abon-
    dance ?
Faut-il que nous quittions un lieu ſi bien pourvû
Où nous étions tous deux à bouche que veux tu ?
Ah ! pauvre roſſignol, cher griſon de mon ame,
Voilà ce que nous vaut la tête d'une femme.

FIN.

*Au lieu des regrets de Sancho qui ont
été ſupprimez dans les repreſentations,
cette piece finiſſoit par un divertiſſement
qui conſiſtoit principalement en danſes.*

Approbation.

J'Ai lû par ordre de Monseigneur le Garde des Sceaux *Basile & Quitterie , Tragi-Comedie* , & n'y ai rien trouvé qui en puisse empêcher l'impression. Fait à Paris ce 30. Janvier 1723.

FONTENELLE.

Privilege du Roy.

LOUIS, par la grace de Dieu, Roi de France & de Navarre : A nos amez & feaux Conseillers , les Gens tenans nos Cours de Parlemens , Maîtres des Requêtes de nôtre Hôtel , Grand Conseil, Prevôt de Paris, Baillifs , Sénechaux , leurs Lieutenans Civils , & autres nos Justiciers qu'il appartiendra ; SALUT. Nôtre bien Amé le Sieur GAULTIER Nous ayant fait remontrer qu'il souhaiteroit faire imprimer & donner au public un Ouvrage de sa composition , qui a pour titre *Basile & Quitterie , Tragi-Comedie* ; mais craignant que quelques personnes ne s'avisassent de contrefaire ledit Ouvrage ci-dessus specifié , ce qui lui feroit un tort considerable , il Nous auroit en consequence très-humblement fait supplier de lui accorder nos Lettres de Privilege sur ce necessaires. A ces causes, voulant traiter favorablement ledit sieur Exposant, Nous lui avons permis & permettons par ces Presentes de faire imprimer ledit Livre en tel volume , forme , marge , caractere, conjointement ou séparément , & autant

tant de fois que bon lui femblèra, & de le vendre, faire vendre, & debiter par tout notre
Royaume, pendant le temps de fix années con-
fecutives, à compter du jour de la date defdites
prefentes ; Faifons deffenfes à toutes fortes de
perfonnes, de quelque qualité & condition
qu'elles foient, d'en introduire d'impreffion
étrangere dans aucun lieu de notre obéiffance ;
comme auffi à tous Imprimeurs, Libraires, &
autres, d'imprimer, faire imprimer, vendre,
faire vendre, debiter ni contrefaire ledit Livre
en tout ni en partie, ni d'en faire aucuns Extraits
fous quelque pretexte que ce foit, d'augmenta-
tion, correction, changement de titre, ou autrement, fans la permiffion expreffe & par écrit
dudit Expofant, ou de ceux qui auront droit de
lui, à peine de confifcation des Exemplaires
contrefaits, de quinze cens livres d'amende
contre chacun des contrevenans, dont un tiers
à Nous, un tiers à l'Hoftel-Dieu de Paris, l'autre tiers audit Expofant, & de tous dépens,
dommages & interefts ; A la charge que ces
Prefentes feront enregiftrées tout au long fur le
Regiftre de la Communauté des Libraires & Imprimeurs de Paris, & ce dans trois mois de la
date d'icelle ; que l'impreffion de ce Livre fera
faite dans notre Royaume & non ailleurs, en
bon papier & en beaux caracteres, conformé-
ment aux Reglemens de la Librairie ; & qu'a-
vant que de l'expofer en vente le Manufcrit ou
Imprimé qui aura fervi de copie à l'impreffion
dudit Livre, fera remis dans le mefme eftat où
l'Approbation y aura efté donnée, ès mains de
noftre très - cher & feal Chevalier Garde des
Sceaux de France le Sieur FLEURIAU DAR-
MENONVILLE, & qu'il en fera enfuite remis

F

deux Exemplaires dans noftre Bibliotheque publique, un dans celle de noftre Chafteau du
Louvre, & un dans celle de noftretrès-cher &
feal Chevalier Garde des Sceaux de France le
fieur Fleuriau Darmenonville, le tout à peine
de nullité des Prefentes ; Du contenu defquel-
les Vous mandons & enjoignons de faire joüir
l'Expofant, ou fes ayans caufe, pleinement &
paifiblement, fans fouffrir qu'il leur foit fait aucun trouble ou empefchement ; Voulons que la
copie defdites Prefentes qui fera imprimée tout
au long au commencement ou à la fin dudit
Livre, foit tenuë pour dûement fignifiée ; &
qu'aux copies collationnées par l'un de nos amez
& feaux Confeillers & Secretaires foy foit ad-
jouftée comme à l'original ; Commandons au
premier noftre Huiffier ou Sergent de faire pour
l'execution d'icelle tous Actes requis & necef-
faires ; fans demander autre permiffion, &
honobftant clameur de Haro, charte Normande,
& Lettres à ce contraires. Car tel eft noftre
plaifir. Donné à Paris le 9. du mois d'Octobre
1723. & de noftre Regne le 9. Par le Roy en
fon Confeil,   CARPOT.

   Il eft ordonné par l'Edit du Roy du mois
d'Aouft 1686, & Arrefts de fon Confeil, que
les Livres dont l'impreffion fe permet par Privilege de Sa Majefté, ne pourront eftre vendus
que par un Libraire ou Imprimeur.